场景

微型小说集

郭忠凯 著

陕西新华出版传媒集团
太白文艺出版社

图书在版编目（CIP）数据

场景 / 郭忠凯著. —— 2版. —— 西安：太白文艺出版社，2017.9（2023.2重印）
ISBN 978-7-5513-1242-4

Ⅰ. ①场… Ⅱ. ①郭… Ⅲ. ①小小说—小说集—中国—当代 Ⅳ. ①I247.8

中国版本图书馆CIP数据核字（2017）第185375号

场景
CHANGJING

作　　者	郭忠凯
责任编辑	葛　毅
整体设计	赵淑曼
出版发行	陕西新华出版传媒集团
	太 白 文 艺 出 版 社
经　　销	新华书店
印　　刷	三河市嵩川印刷有限公司
开　　本	787mm×1092mm　1/16
字　　数	190千字
印　　张	16
版　　次	2015年11月第1版
	2017年9月第2版
印　　次	2023年2月第3次印刷
书　　号	ISBN 978-7-5513-1242-4
定　　价	48.00元

目　录

第一辑　感情旋涡

第二辑　职场风云

第三辑 性情时段

第四辑 人心裁判

第五辑　戏说无限

　　阳光中站着的那个男人手捧第一千零一枝红玫瑰，女人颤颤地第一次亲手接过这火红的玫瑰。

　　男人笑了，女人笑了，脸庞如手中的玫瑰一样娇艳。

天桥上的爱情

华灯初上的过街天桥上，微风湿润，面前高楼灯光绰绰，疾驰而过的车辆划过数道绚烂的光带，在脚下嗖然通过。

站在天桥上的伍六刚从家里出来，最近上演的几部爱情电视剧里，男女主人公的生死恋情都与天桥相关，桥上邂逅的，旧情复燃的，跳桥殉情的。在酷爱言情剧又没有女友相拥的伍六心中，天桥，尤其是夜幕下的天桥，简直就是爱情的发酵池。

有了心思的伍六每天晚饭后，总会赶到离家最近的这座天桥。除过雨雪，他基本都是在街灯开始亮起来的时候上桥的，遇到熟人总是寒暄地说自己在锻炼。就这样，身边匆匆而过的人流和脚下的车流不仅没有干扰，有时反而成了一种浪漫到来前的道具和必要的铺垫。毕竟孤独地站在天桥上等意中人是只会在童话当中出现的画面。

风霜中，寒冷中，甚至小雨中，伍六都在坚持，相信最终会等得到浪漫的眷顾。

功夫不负有心人，这个晚上，当桥上只剩下两个人时，伍六不自觉地开始打量那个离自己不远的女人。白裙，白鞋，侧面看是典型的瓜子脸，高耸的鼻梁，窈窕的身材，夜风中长发随风飘飘，微微送过来的香气让伍六不禁一个激灵:爱情来了。

当伍六偷偷观察的时候，那个女人转过身来，朝他微微一笑。天哪，太漂亮了，简直比心中的两个"冰冰"（李冰冰和范冰冰）还要漂亮。这时伍六的心跳开始加速。

只见，长发美女已经朝伍六走了过来，伍六血液流动的声音都听得到，微香也到了面前。

"您好。"美女有礼貌地打招呼。

"你好。"伍六明显有点结巴。

　　"我叫崔香，在附近上班。最近，你好像一直都来天桥？"女人很直接地问道。

　　"是呀，如此美妙的夜晚，如此清爽的夜风，站在高处，会吹走心中的烦恼。"伍六逐渐平静下来后，故作优雅地阐释理由。

　　"原来也是一个有困扰的人呀。"女人自顾自地说着，"我也是，最近有点……"

　　看来有同感，女人明显有拉近话题的嫌疑，伍六想。

　　女人开始讲述自己的工作压力，上司的刁难，生活节奏的紧张，收入的微薄。时而叹气，时而忧虑，甚至有泪花在眼眶打转，被夜色的街灯照得晶莹。

　　女人的话勾起了伍六的怜悯和话头，两人开始了更深入的交流。

　　谈了很多伤感的、悲凉的、可笑的、期望的话语。比如脚下这座城市的变迁、国内外时事、车市房市股市，共同对车市房市甚至对老板大腕们进行了无情的批判和抨击……

　　逐渐变冷的夜不断缩小两个热情交谈的男人和女人的距离。

　　"天有点冷，要不要到附近的酒吧坐坐？"终于，女人试探着说，还努力地抱了抱双肩，示意外面的寒冷。在得到肯定的答复后，女人自然地挽起伍六的胳膊高兴地走下天桥。

　　伍六感觉爱情的脚步离自己越来越近。

　　酒吧里，女人的软语笑脸，音乐的狂放，加上酒精的刺激顿时让伍六头昏脑涨、血往上涌、身子打飘。数杯酒后，伍六只记得在女人娇弱暧昧期盼的眼神下，自己痛快地签了单，刷了卡，最关键的是留了女人的电话。

　　浪漫的邂逅注定是让人难忘的。

　　次日早上起床，伍六赖在被窝里回想昨夜的浪漫温馨，手上身上还留有那女人的余香。桌上的一张自己签字的保险单映入眼帘，十万保单金额的缴款方式竟然是全款，天哪！

伍六意识到了什么，赶忙到楼下银行查询，工资卡上的十万元确确实实划入了某个保险公司的账号。

伍六差点瘫倒在地上。

拍着发蒙的脑袋，捏紧手中的保单，伍六感觉自己的爱情正悄悄快速向远方飘走。

缘 来 如 此

　　雪在医院偷偷做了检查，结果检查数据一切正常。那就是丈夫有问题了？雪心里琢磨。丈夫整天在外忙碌奔波，哪有时间去医院检查，何况性格火爆的丈夫对此事定会一口拒绝，且会大发雷霆的。闺蜜的建议此时在雪的脑海里清晰地闪过。

　　在家里，婆婆的眼神，一些不中听的指桑骂槐终于坚定了雪的决心。她在闺蜜的劝导下去了医院，在严格的挑选后，从精子库中选出信息为大学本科、高级工程师、身高一米八〇的捐精者，并成功进行了移植。当然这一切都是悄悄进行的，也是在和丈夫某次温存之后的举动。雪把一切考虑得都很周全，避免不必要的麻烦。

　　一两个月后，雪和许多孕妇一样有了妊娠反应，呕吐，嗜酸，慵懒，这些惊喜的症状使公公婆婆的脸上开了花、口中含了蜜。两个老人索性放弃了坚持多年的锻炼，全身心投入到照顾儿媳和未来宝贝孙子的伟大事业中去。

　　近十个月的煎熬后，一个胖头胖脑的小家伙诞生了，婆婆家上下兴奋异常，丈夫破例请了两个月假来陪妻子孩子。满月酒宴、百天纪念照自不必说。

　　儿子三岁的时候，雪带他去单位，小家伙胖乎乎的模样和礼貌的话语赢得许多同事的欢心。大家都夸赞雪和丈夫命好，孕育了这样一个帅哥坯子在人间，雪当然谦虚道谢。

　　可是有一个同事开玩笑说雪的儿子像一个人。

　　谁，雪不由得心中一紧。刚好技术科的陈工过来取资料，也和孩子打招呼，还热情地把孩子抱了起来。"天哪！这简直就是一个模子里刻出来的。"科室的刘姐惊呼了起来。大家仔细对比，都确定陈工和孩子的确太像了。陈工惊得连忙放下孩子，慌忙拿了资料走了。

　　陈工是局里的副总工程师，雪的技术领导。平时工作之外对雪关心很多，雪许多技术上的难题都是陈工帮忙解决，雪在心里也一直非常感激这个兄长一样的人。局里曾经有人在酒桌上调侃，说如果雪和陈工结合，那绝对是郎才女貌，天作之合。

　　儿子长到五岁，五官、走姿，甚至说话时那个皱眉毛的习惯也和陈工一模一样，单位的人也议论纷纷，不久，公婆住的小区也有了议论。公公婆婆的态度从疑虑到怀疑到后来的质问，最后硬逼着儿子和孙子去医院做亲子鉴定，果然不是亲生。为了避免误诊，丈夫索性检查了男科，结果是不育症，也就是没有生育能力，先天性的。这两个结果使一向认为自己愧对妻子的丈夫怒不可遏，妻子的任何解释都掩盖不了自己被戴绿帽子的屈辱。热战加冷战，一段时间的折磨后，雪和丈夫离婚了，儿子自然归了雪。

　　也不知是谁将雪的儿子像陈工的话传给了陈妻。陈妻是一家化妆店的小老板，本就强势，在家里有不可动摇的统治地位，哪能容忍一直对自己不冷不热的丈夫有外遇，还有了外遇的果子。于是暴跳如雷，不容解释，义无返顾地迅速和陈工结束了婚姻。

　　情况发展到如此境地，让同事们都唏嘘不已，也让雪的闺蜜朋友自责不断，雪只能自己独咽苦果。可雪的儿子的确和陈工长得像的事实却毋庸置疑。

　　日子就这么过着，孤儿寡母的生活中有诸多不便，新鳏不久的陈工也没能有再续姻缘。陈工除过工作之外，也有更多的时间和自由帮助雪母子，尽管雪对陈工的婚变很自责，可一些需要男人干的重活还是得有男人干。就这样，生活把两个浮萍一样的人推到了一起。

　　终于，在单位领导和几位热心的同事极力开导、努力撮合下，陈工和雪领了结婚证。新婚之夜，雪坦诚相告了自己人工受精孕育的实情，陈工听罢，一拍脑袋，羞怯地抱着妻子说，几年前，因为前妻应酬多又爱惜身材不愿生育，精力充沛的自己一气之下就到医院做了捐精自愿者，没想到却为自己找到了一份久违的爱情和婚姻。

　　望着一米八个子的丈夫，想起丈夫那红彤彤的本科毕业证书和高工证书，雪紧紧拥住了丈夫，两行热泪如线不断。

树林夜惊情

趁着夜色家里来客，家人和客人谈话的空隙，林和丽相约出门，绕开车流人流，顺着人行道，一前一后来到了滨河公园。

公园小树林里有块石条，此前石条上有一不知名的雕塑，不知啥原因被人扳倒了，运走了。剩下的石条光秃秃，却成了二人约会的好地方。

街边的车水马龙和喧嚣吵闹被夜色包裹着，被树林枝叶阻隔着，让这块幽静的二人世界安静又浪漫了许多。

"丽，已经处了这么长时间了，你爸你妈到底同意咱俩的事吗？"男人急切地说话了。

"同意啥？咱俩只是处对象，又没想……"黑暗中，女人有些娇羞，不想把到嘴边的话全部吐露。

"没想啥？"男人故意问，拇指其实已经开始在背后缠绕上女人的秀发。

"反正没想结婚呗。"女人虽如此说，身子却微微地向男人温热的肩膀倾斜过来。

"我就知道，你爸嫌我家穷，没有像样的彩礼，担心你在我们家受苦受累，担心……"着急了的男人似乎要坦白的话很多，却不承想被女人娇俏的手指堵住了嘴。男人趁机抓过女人的手，每根手指挨着吻了个遍。

"讨厌。"女人一边嗔怒，却又不愿抽回手，怕这幸福的瞬间被打断，"我爸是我爸，我是我，我又不嫌你长得矮黑丑，嘿嘿。"

其实男人高高大大，眉清目秀，不像农村人灰土样，却有城市大工厂技术员的白净。

此时，女人虽说心跳加快，往男人肩膀靠得似乎又紧了一些。她继续说："林，你没有钱，有的却是力气。我家那几亩地每年夏忙秋收，冬播春种，哪样你没有干呀，哪样活你偷懒了。唉！我爸就是爱财偏心眼，看上村里旺财家当官的二舅和当村主任的爸……"

女人想说的话其实也很多，在心爱的人面前，她总有吐不完的心里话。女人责备着自己的父亲，心疼着身边这个男人，索性站了起来，可不知啥时间手被男人握住一直没有松开。

男人也感觉到了女人夜色中熠熠发亮的眼眸和心血沸腾的火花，仿佛天上的星星一般闪耀、流动。

男人站起来，抱住了女人，急切切地立誓："丽，反正我想好了，如果你爸再不同意，我就带着你离家出走。咱们在城里找份活，你顾家养孩子，我外出挣钱养活你，一辈子也不让你受苦受累，行吗？"

"谁想和你要孩子，不知羞……"女人羞涩地说不出话。

在男人坚定的语气里，女人抬头望着黑暗中爱人亮晶晶灼热的目光，浑身燥热，血液逆流，不由得迎着男人探过来翕动的热唇。

一分钟、两分钟……好像整个世纪都要过去了。

男人和女人沉浸在爱的激流中不能自拔，都希望此刻时光能延长，延长，和两人憧憬的一样。

一束手电光照过来，刺了两人的眼睛。拥抱和亲热瞬时被打断，男人和女人紧张地分开，等待着不祥的时刻。

"肯定是我爸找来了，怎么办？"女人捏着衣角在原地着急打转。

"不怕，我去说服叔叔。"男人用力地搂了一下女人，朝着手电筒照过来的方向义无返顾地走去。

"刘大爷，你和大妈在这回忆青春呀。"手电筒后一个声音传来，语气中充满调侃。

"刚子？又是你这臭小子，快滚吧，别再打扰我们两个年过古稀的老人啦。"男人打趣地骂道。

手电筒的光在树林中渐渐走远。

"老刘，咱们还是回家吧，一会儿孙子就该下晚自习了。"黑暗中，女人落寞的声音传来。

"好，回吧。"老人牵过老伴的手，慢慢地从树林摸出来，融进公路上的人流，两位老人头顶的乱发被迎面照来的车灯映得雪白雪白。

交 换 空 间

林和丽是高中同学，也是好姐妹。亮和军是大学舍友，铁杆哥们儿。世事巧合，经人介绍或者自由恋爱，林和亮喜结连理，丽与军携手婚姻。

当然，四人的关系是在一次同学聚会的时候才明了的。

亮与军兄弟其貌不扬，是丢进人堆都找不到的主。可亮毕业后考上公务员，摸爬滚打，如今是某局中层干部，工作体面轻松，工资比上不足比下有余。军先入国企就业，后辞职下海，几经打拼，目前开了家有百十号员工的公司，生意风生水起，资产过千万，是名副其实的老板。

如今，林与亮的儿子，丽和军的女儿又分别到南方读研，继续深造。

有大量闲暇时间的两对中年夫妇，就经常约在一起喝茶小聚。女人之间自然谈美容护肤，逛街购物，心情舒畅。两个男人免不了聊官场商场，股市投资，自在悠长。

人常说，婚姻三年之痛，七年之痒。

平平淡淡的生活让两对夫妇都渐渐失去了往日的激情，开始厌恶婚姻的束缚。大吵大闹不会在这两个高学历高素质的家庭发生，毕竟吵架的动静太大，会影响各自业已树立的形象。当然，三天两头冷战、五天一小吵现象时有发生，公开场合却都夫唱妇随，谈笑风生，应付自如，恩爱得天衣无缝。

数次相聚和了解，林羡慕军的大气风度，潇洒阔绰;军垂涎林的知性秀气，文静含蓄。亮看重丽的雍容贤淑，精明活泼;丽暗恋亮的温雅睿智，幽默风趣。

几次聚餐，酒后舌头直，心声自然明。

作为男人的亮和军相互夸赞对方娇妻的靓丽和娇媚，林和丽有时也悄悄聊聊对方男人的豪爽和优秀。时间一久，说者听者都有交换伴侣给对方一个自由空间的念头。尽管这个念头实质为伦理所不齿，却在四人心中驻足发芽，只待伸枝攀爬。

某次饭后，借着酒劲，军以开玩笑的口吻说，如果能和林生活哪怕一天都会此生无憾，亮回敬说若攀上丽也会今世无怨。

换换，那换换。

两个男人酒后吐真言，事情讲明后，作为女人的林和丽均口头指责，心中又何尝不想，半推半就算是应允。

在约定的两周交换生活时间内，林住进军的别墅，一切豪华奢靡。丽搬入亮的四室两厅，温馨惬意。

一切按部就班，该发生的发生了，该期待的也都实现了。

可在一周后的时间里，军发现林的文静之后固执得近于庸俗，亮也发现丽精明外衣下包裹着许多自私。林渐渐了解了军潇洒背后的几多虚伪，丽时不时看透亮一些睿智下面的丝丝空虚。

于是，夜晚两个女人开始在对方的阳台上落泪，想念自己男人平凡中的激情、繁琐里的温柔，悔恨自己的淫邪。

两个男人也在不习惯的餐后，蹲在卫生间不停地抽烟，自责自己太过草率，不断总结自己女人的善良和贤惠。

和前面一样，林、丽两个女人向男人们提出停止交换，恢复正常生活的想法，男人们竟然一拍即合。

一顿小别胜似新婚的晚餐后，女人分别回到自己男人的怀抱，小鸟依人，楚楚可怜，激情一夜，温柔一地。

此后，再也没有人提出聚会茶酒的话题。走在街上，两对男女擦肩而过，早就形同路人，不再搭理。

丽莎的女人生活

丽莎其实是非常自负的。

在丽莎的眼里，男人必须英俊高大、处事幽默睿智、有权有势有风度，否则就不是真正的男人。女人应该漂亮，精明干练有人缘，追求者一排排，有要花就花和花不完的钱，要不然就不是真正的女人。

丽莎每天上班前，在镜子前欣赏自己的姿容从来不会少于半个小时。捋捋秀发，摸摸秀眉，脸蛋左转右转数十下，眼神里的自恋如汪洋一般。

丽莎的男人却不是那么高大英俊，没有幽默睿智，更没有太多的权势和财富。

这就是老天在作弄人，丽莎常想，自己的这个男人就不是真正的男人。可男人对自己百依百顺，疼爱有加，即使有限的工资收入也尽着自己的老婆花，所以丽莎的怨气才不至于气冲牛斗。

男人没有让丽莎要花就花和花不完的钱，丽莎工资也不是很多，纵使身后有一排排对自己垂涎三尺的男人，丽莎也觉得自己不是一个真正的女人。

一对不是真正男人的男人和真正女人的女人，生活在一起就不会有真正的生活滋味。

可自负的丽莎又想过真正的女人生活，所以她就退而求其次，用有限的金钱在街摊上淘回廉价衣、减价包、甩卖鞋，但必须是色彩鲜亮的，更必须是仿名牌冒正品的，至少物品上面要有过分醒目耀眼的外文字母或者标签。把这些穿戴在美丽婀娜的女人身上，又有谁能知道自己拥有的不是"名品名牌"。这些"名品名牌"有时会使丽莎的腰板直挺几天。

丽莎所在的公司老板魁梧有型，幽默风趣，年纪轻轻就创办了自己的公司。在工作场合笑容暖暖，休息间隙总能带领自己的下属们潇洒地游荡在牌场、球场和酒场，而且千杯不醉，独孤求败。

那一举手一投足是那么有魅力、有风度。这也许就是丽莎心目中的男人。

和老板相比，五短胖圆、好吃懒做的老板娘虽然过着真正的女人生活，却不是真正的女人。只有自己的花容月貌、温文尔雅才和帅气英俊的老板是天生一对、地造一双，可憎的老天却又是这么乱搭鸳鸯线。

丽莎的心底怨气和叹息满满的，无处发泄。

有想法就会有行动，在丽莎有意无意的暗示、有心无心的暧昧中，老板终于倒在丽莎的石榴裙下。

在单位是上下级，在老板的家外爱巢里，丽莎就是女主人，就是有钱花不完、有衣穿不完、有鞋穿不完的贵妇。烛光晚餐、咖啡美酒、羽绒丝缎、温柔梦乡，肆意的激情让丽莎享受了真正的女人生活。

在持续不到半年的美好时光后，当美丽舒心的丽莎被老板娘高扬的双手拉扯到众人面前时，魁梧风度的老板却只是低声下气地求饶，高声指责丽莎的勾引和妖媚，声明自己如何被媚惑、被欺骗，仿佛比窦娥还冤。

之后，丽莎失去了所谓的爱情，失去了工作，失去了金钱，失去了美梦，更失去了真正的女人生活。

失败的女人丽莎，彻底倒了下来，不吃不喝在家昏睡了三天。睁开虚弱的双眼时，才发现自己那个不是真正男人的男人依旧守在床边，摸着妻子的额头，捧上煨了不知多少遍的鸡汤，热切的目光刺得丽莎后背如针扎。

在自己男人的怀抱里，丽莎突然觉得生活从来没有过的踏实。

眼角的泪水不自觉地淌满丽莎那苍白秀美的脸庞，她所做的一切无时无刻地折磨着这个要强女人的心，难道是上天无眼，这个不是男人的男人却给了自己真正的女人生活。

第一千零一枝玫瑰

清晨起床，女人第一件事没有洗漱打扮，而是用最干净的毛巾擦拭放在桌子上的镜框，接下来，仔细又小心地整理篮子里插满的玫瑰花。玫瑰有紫色、橙色、粉色、红色。

这一段时间的红色玫瑰越来越多，那娇艳欲滴的花瓣，挂着几滴晶莹的水珠，像悬在女人腮边的泪珠，闪着一丝亮光。

女人每天都会数一遍玫瑰花，一、二、三……一百……五百……九百五十……

花枝随着时间的推移越来越多，前面的尚未干枯，后面的正娇艳欲滴。

数完，女人接着凑上，嗅嗅花叶间散发出的淡淡馨香，沁人心脾，令人陶醉。

然后，女人怔怔地用与花的枝数同样的数字，一遍一遍擦拭桌上的镜框，镜框越来越亮。可此前的紫玫瑰、橙玫瑰耐不住时光的侵袭，越来越枯，越来越萎，有的成了褐色的枯枝，卷起来的枯叶散落在桌角堆了许多。只有后边送来的红玫瑰仍然保持鲜亮颜色，映出女人越来越红，越来越滋润的脸蛋。

终于，等数到第一千枝玫瑰的时候，女人最后擦拭了一遍桌子上的镜框，动作是细致的，迟缓的。

女人心中默念："平，你临走时说，只要有人能坚持送我一千枝玫瑰，就证明我找到了真爱。今天，一千枝玫瑰齐了，你也该放心了，我会把这个镜框随身珍藏一辈子的。"

然后，女人回过身取出一件新的披肩，这是结婚三周年时男人送的礼物。女人用披肩把镜框包裹起来，放进抽屉。抽屉里镜框中间，着橄榄绿消防服的男人威武英俊，微笑的脸庞深情地注视着女人和女人身后堆聚的玫瑰花。

女人转过身，打开门，一束阳光强烈地射进来。

阳光中站着的那个男人手捧第一千零一枝红玫瑰，女人颤颤地第一次亲手接过这枝火红的玫瑰。

男人笑了，女人笑了，脸庞如手中的玫瑰一样娇艳。

病 房 姻 缘

　　我躺在病床上，无助地望着窗外的星转斗移、花开花落。空荡荡的病房除了水壶、鲜花、电视外，其他的都是白色，白得刺眼。

　　这五年来，我注定每天与病床为伍，与药物相伴。为了祛除病痛的折磨，我无数次想结束自己的生命，却都没有下得了手。

　　支撑我坚强的原因有二：有自己辛辛苦苦创出名声的集团公司，它在我手里创建、发展、壮大，真不想在我手里倒塌；有温柔贤淑妻子的爱。妻子同我相濡以沫，走过二十多年，在我创业拼搏的时候默默支持我、帮助我，毫无怨言。在生意上遇到困难时，妻子也能从后台跃入前台，用女人的细腻和魅力化解困难。

　　在住院的这五年里，妻子亲自打理公司，兢兢业业，对我不离不弃。每天上午上班前，总是给我送来一束鲜花，让病房的冷清缩退一些；每天变换着花样送来我喜欢的菜肴。要不是主治的林医生一再强调，怕影响病情恢复，妻子肯定会每天晚上陪我住在病房里，给我讲公司的发展和前景，讲儿子的学习成长，共同畅想病情恢复后的美好生活。最后，温柔善良的妻子执意给我请了专职护工全天照料病房中的我。

　　所以，我必须活着。用良好的心态应对疾病，早日以健壮的身体迎接如日中天的事业和爱我疼我的妻子。

　　妻子给我请的专职护工小芳，是一位刚从护士学校毕业的农村姑娘，有着农村人的淳朴。她说如今工作不好找，她才通过职介所应聘当专职护理，原因是妻子给的月薪比得上白领。

　　小芳在我的病床前坚持工作了四年多，任劳任怨，毫无怨言。她从一个二十多岁的大姑娘变成快三十岁的大龄剩女，那双亮闪闪的眼眸从清纯变得愈来愈忧郁，女人应有的妩媚柔情在小芳身上愈发弥漫。她和我讲话时，总会羞羞的，眼眸深处填满某种东西，似乎有话对我说。

人家一个大姑娘陪你在这枯燥的医院一待这么多年，形影不离，整天厮守，要不是那诱人的高工资，姑娘早就找份安稳的工作，甚至找个好男人嫁了，何必面对我这个憔悴病人跑前跑后，也许是不好意思开口吧。我闲时间会这么琢磨。

此后几次，趁小芳洗完餐具端来药碗的间歇，我讲了想让小芳离开，好尽快找到属于自己的事业和幸福的想法，并说了一大堆感激的话。还准备拿出一笔资金感谢姑娘的辛苦工作。

听到这些后，小芳却哭了，越劝哭得越厉害。待平静后，小芳嗫嚅着告诉我一个秘密。

原来在五年前的车祸后，妻子就一直和林医生交往，而且给我注射了能让我在病床待五年的药量。为了避免我起疑心，才找到小芳护理，属于全陪型。只要我需要，妻子给的工资和报酬足以让小芳奉献出自己的一切。他们还威胁姑娘不要对我讲出这个秘密，否则就会对小芳下狠手……

我仿佛被雷击了一样，怔怔地望着小芳，耳畔还是姑娘的声音："可这四年来，你像关心妹妹一样关怀爱护我，从没有对我发火甚至责骂，更不要说有什么非分之想，还教我读书自学，现在又要我离开你寻找自己的事业和幸福，我怎么能答应呢。"

小芳停止了哭泣，怯怯地说："我现在知道为什么这么多年不愿离开你的原因，我好像……好像……爱上你了。"尽管姑娘声音越来越小，可后边的三个字我还是听到了，身子不自觉地越来越沉。

这就是命运呀，我怎么就感觉不到呢？明知道浑身的伤口早就长好了，也没有什么病痛，除过浑身无力之外。可任谁躺在病床上五年，不下床也会无力困顿呀。我咋就这么笨。

病房里的鲜花伸展开的花枝，此时就像一把把利剑射向我，正等着妻子和林医生的命令后马上刺过来，那饭盒里的菜肴分明是巫婆手里的苹果。

太歹毒了，太无耻了，太下作了，这对狗男女……我骂尽了自己所能想到的脏话。

迅速下了床，我手叉在腰上满病房转。不知是什么力量使我有了如此的精神和劲头。

接下来，我把电视上看到的报复手段，活学活用在背叛我的妻子和她的奸夫身上，使他们名声扫地，受到法律的制裁，蹲到监狱里反思他们的罪恶。

我重新回到公司办公室，开始了新的事业。当然，也寻找到了我的爱情，爱情女主角是谁，大家肯定都猜到了。

跟踪爱情

　　时针指向六点五十分，英杰迅速整理完手头的资料，侧耳捕捉那熟悉的高跟鞋，咚、咚、咚踩着地板下楼后，赶忙关门随身而去。

　　脚步声来自公司财务部的天瑜，美女一个，短发大眼、唇红齿白、背影婀娜。在公司数次公务交往中，她温文尔雅的性格、淳朴无瑕的话语悄悄俘获了英杰的心。

　　公司对办公室恋情规定相当严格，为了保住来之不易的饭碗，也为了不打扰到暗恋的女人。英杰强压爱慕思恋之心，在远处默默注视着自己喜欢的女人的背影，却始终不敢表白。尽管两人都是单身，可有几次无意中听到天瑜电话中同一男子异常亲热，英杰燃烧起来的火焰降下许多。

　　几周前，下班无事上街闲溜达的英杰，竟然发现前面那个朝思暮想的背影，可能是天瑜下班回家吧。

　　英杰的脚步竟鬼使神差地跟了上去。此刻，街上行人摩肩接踵，车流影绰灯光闪烁。可心思活络的英杰眼神似乎特别好使，隔三四十米的人墙晃动，总能将目光穿越数个迎面或背向的人影，准确无误地落在熟悉的短发秀肩上。

　　伴着傍晚的微风，天瑜在前面自由婀娜前行，哪会知道有一痴情男人尾随。

　　过十字，前面停下，后面驻足。走立交桥，你上台阶，我紧紧跟随。你下楼梯，我缓步不离。桥下的某一瞬间，天瑜忽然甩了甩头发，向周围望了望，似乎寻找什么。英杰则立即闪进街边饮食店，待前面步伐又起，才继续间谍般地出店继续前行。期盼夹杂着茫然，一种悄然欣赏的心思支撑着英杰爱恋的感觉愈发坚实。

　　约莫三十多分钟，天瑜拐进一老旧小区后消失，英杰才止住了步子。因为小区虽陈旧，保安老头鹰隼一样的眼神却能杀人。

返回途中，英杰对自己的行为感到可笑，考虑这么跟踪别人是否妥当。短短三十分钟的路途让英杰一阵紧张兴奋，尤其是背后看着天瑜那一头浓黑的秀发，使英杰有种飘飘然的感觉。总之，英杰为自己的行为找到了一个合理恰当的理由，即是跟踪爱情。

如此几周，天瑜总在每天六点五十分左右下班，沿同样的线路回家，其实只是租赁的旧单元房，这是英杰某一天从财务部李姐口中"无意"听到的。英杰熟悉着同样的路途，同样的背影。

天瑜有时会停下来买一本新出版的杂志翻阅，一样的杂志也会第一时间被英杰拿到。有时女人随手从街边小摊贩前挑只发卡或者丝巾，自然摊贩也会有相同的买主光临。只不过奇怪的是，这个男人会那么喜欢女人的东西。有时天瑜拐进市场买一把青菜、几个土豆或者半袋水果，那么回来后男人的餐桌上必定会有如此的菜肴。英杰其实就是想通过同样的物品来感知心爱女人的所思所想、所接触的每一样东西，仿佛通过它们能立刻隔空抓住女人的手，细细感受那份愈来愈强烈的情愫。

爱情跟踪就这样持续着，一周、两周，一月、两月……有次下雨，英杰带伞下楼偶遇门口躲雨的天瑜，有些意外的天瑜开玩笑说："帅哥，借你伞用用，或者借人用用。"英杰有些空白的大脑此刻是那么迟缓，虚假的紧张中竟然冒出一句："伞借给你用吧，我晚上有其他事。"天瑜听后哈哈一笑，说："和你开玩笑呢，那就借伞吧。"然后撑开伞遁入雨雾中。英杰直扇自己嘴巴，期盼已久的重逢和上天赐予的机会就这样被自己的笨嘴给推掉了。

后悔的英杰还是冒雨跟了一段，可无情的雨帘终究止住了跟踪爱情的步伐。淋雨的后果是英杰感冒一周多时间，天瑜还伞的同时还送去一大包板蓝根，让男人心热了数天，病情似乎好了多半。

因为工作出差、接待客户等原因，爱情跟踪时断时续。半年后某一天，天瑜被一高大帅气男孩牵走。婚礼没有去，英杰还是在心被掏走的季节做了精致的红包托同事带去。

此后，英杰失落地工作，失落地生活，终于，在有女孩向自己走来时，很快走进了婚姻。原因是这个女孩和天瑜有同样光闪的眼眸。

故事进行着，天瑜和英杰两人先后生儿育女。

跟踪爱情的行为其实还在进行，只不过成家后改为每周或者一月一次。两人都有了新家，分列城北、城西两个小区。有了自己的生活，如影随形的机会断然不多了。

后来，驾车跟踪爱情的英杰却始终无法从两个厚厚的车窗里寻找当年的那份悸动，总会被严实的铁皮包裹住。只有街边的十字、书报亭、菜市场依旧有美好的脚步和背影留香。

后来，天瑜离婚了，英杰也调离了原单位。

十五年后，在一次不知什么人组织的聚会上，天瑜和英杰意外遇见，并被安排相邻而坐。酒桌上，大家都为天瑜的糟糕婚姻唏嘘不已。风采依旧的天瑜，醉酒后却不以为然地透露给大家一个秘密："其实我并不后悔，婚姻之前曾有过美好的日子，有一双期待的眼神一直陪伴我走过了多半年，可始终没有等来那双眼神尘埃落定，傻傻的我等不及了才会走进不太熟悉的生活，可是，我的爱情被跟踪了，我的生活却没有继续得到跟踪……"

也许是酒精的作用，也许是埋藏心底的情感得到宣泄。说这话时，天瑜的眼睛潮湿了，血一样的眸子盯着英杰。

英杰双眼迷离，似乎自己瞬间遁入一个万劫不复的峡谷之中，心中有一把刀子在切割，一滴一滴流着血，伴随那个叫作"悔"的东西，越来越痛。

闺　蜜

荣轩和雨霏是大学同学，相恋多年。转眼间，又到了结婚五周年的纪念日。为了隆重庆祝爱情婚姻圆满幸福，小两口决定明天中午在家搞一个庆祝仪式，并邀请蕊琪前来见证两人的幸福时刻。

找蕊琪来的原因是，这个曾经的舍友加闺蜜，是二人牵手的介绍人。更深层次原因是，荣轩曾经是雨霏和蕊琪暗中争夺的目标，只不过雨霏了解蕊琪心思后，狠下手段，提前把荣轩抢到手中，伤心的蕊琪只好顺其自然，勉强做了两人的媒人。

看着失败者委屈的神情，胜利者雨霏当然为先下手为强的策略暗自窃喜。所以，邀请蕊琪来，让她看看当初抢来的爱情和婚姻是多么幸福如意。

（一）

中午提前下班的雨霏首先约了蕊琪先去家里，然后到商场为丈夫买了只觊觎已久的西铁城手表，高高兴兴地向家里奔去。想象荣轩见到礼物的惊喜和随之而来的热烈拥抱或者热吻，或者……想到此的雨霏觉得脸有些发烧，握方向盘的双手似乎也感应到这个少妇的娇羞。

停车，上楼，开门，一连串动作敏捷急切。

"亲爱的，我回来了……"话还没说完的雨霏愣住了，因为一个惊人的画面让她住了嘴：高大魁梧的荣轩手握刀铲，穿着围裙，看样子是在做晚餐，可气愤的是那个曾经的闺蜜和差点成了情敌的蕊琪，竟然妖娆地一手抱着自己的男人，一手托着他英俊的脸，那专注和投入的表情，直到自己进门的咣当声，才惊开了两人的亲密。

"你们……"由喜到惊，再到伤心，愤怒。雨霏此刻脑袋迅速充血，她隐隐约约感觉到身体里有某种东西就要爆炸、崩裂。

怎么办，委屈的雨霏此刻是多么无助。她扔下手中的表盒，甩门出了大楼。荣轩和蕊琪的喊叫从后边传来，她也丝毫不想理睬，开车疯狂驶向海边，在浪花拍击的礁石上坐了整整一个下午，一个晚上。

怎么会这样？原来荣轩瞒着我还和蕊琪有来往，他们暗中勾搭多久了？是否蕊琪知道了我当初的手段，现在回来报复？是否我该放手，成全这对狗男女？可还在上幼儿园的儿子该怎么办？告诉他爸爸的丑恶？……

雨霏一直被这几个甚至更多的问题所困扰。

最终，不知该怎么办的雨霏还是选择了离婚，自己坚决不能和这个偷情甚至绝情的男人一起生活了。可当荣轩无可奈何地在离婚协议书上签下名字的时候，雨霏的心仿佛被什么掏空了。

（二）

接到邀请电话的蕊琪开始非常失望，闺蜜雨霏结婚五周年纪念，自己凑什么热闹，这应该是人家两口子秀恩爱的最好时机，去了不就是当灯泡吗？可好友的邀请正好给了自己借口，毕竟和暗恋的荣轩五年多没有见面了。平时和雨霏逛街郊游，有说有笑，听到更多的是雨霏对丈夫的赞美和夸奖，也没有机会见证他们是否有说的那么幸福如意。

何况，这个电话又勾起了蕊琪掩藏在心底多年的那份情愫，去就去吧。决定了的蕊琪提前告诉丈夫明天中午的安排，嘱咐他和孩子午饭自己解决。

　　难得妻子的开恩，父子俩暗自商量可以好好吃一顿没有唠叨女人在身边的肯德基大餐了，所以都双手赞同。

　　蕊琪第二天下班后，换上了最满意的一套裙装，化了个淡妆，开车出门。总不能空手吧，路过花店买一束百合花带上，自然不矫情，又充满美好祝福。

　　敲开门，尽管有准备，可荣轩和蕊琪还是有些惊喜和尴尬。大方的蕊琪打破了局面，并送上鲜花和祝福。

　　因为荣轩在做饭，又不愿客人上手，只好把蕊琪让到客厅吃水果、看电视。

　　恰好，蕊琪能通过短短的客厅餐厅走廊，偷偷观瞧荣轩的样子。还是那么高大威武，侧面看脸型更加英俊，只不过熟稔的厨房劳作更显居家好男人形象。蕊琪感受到了荣轩的幸福惬意，心里酸溜溜的。

　　"哎呀——"厨房传来荣轩的叫声。原来他在炒菜时，油温过高，有粒辣椒籽迸进眼睛，怎么办。荣轩一手拿刀一手举铲，手足无措，狼狈不堪。女人不能坐视不管，可厨房油烟太重，就把荣轩扯到门口的过道灯下，用纸巾帮助男人擦眼睛里的辣气。可这个高大的男人一边闭着眼流眼泪，一边为难地不断往后躲。时间再长的话对眼睛不好，善良的蕊琪索性一手揽过荣轩，一手用纸巾替他擦眼睛。

　　还没擦几下，身后的门开了，下意识地转过身来，发现了惊愕的雨霏站在身后，怒气已经将脸憋得通红。"你们"两字还未说完，就甩门而去。蕊琪知道这个爱吃醋的闺蜜误会了自己和荣轩，赶忙下楼去追，准备解释，可哪见得到雨霏的人影。

　　午餐聚会自然烟消云散。

　　后来，听说雨霏和荣轩离婚了。蕊琪多次联系雨霏想解释解释，可电话不是不接就是占线，最后索性换了号码。

　　这下误会大了，蕊琪暗自叫苦。

（三）

　　今天是结婚纪念日，喜欢浪漫的妻子每年都有这个想法，只是没有实现，这次看来铁了心。庆祝一下也好，工作太忙，加上儿子正是调皮捣蛋的时候，两人好长时间都没有坐下来清静地吃顿饭了，荣轩心里盘算着。

　　雨霏还邀请了蕊琪，当年曾经令人心动的漂亮女孩，可由于雨霏主动"进攻"，蕊琪的故作清高，自己的瞬间投降，错失了也许美好的情缘。这几年只听雨霏说她的情况，还没有真正见过面，不知蕊琪还会和当年一样文静美丽吗？还是不爱主动说话吗？

　　由于这个疑问的驱使，荣轩上午请了假，早早到市场买了肉蛋奶鱼，去超市添了些水果、瓜子、糖果等，还有瓶红酒。不管客人到场与否，自己和妻子的交杯红酒是必须进行的，到时肯定会让雨霏这个浪漫的小女人醉倒在怀里，温存一番。

　　回到家，收拾打扫完屋子，摆上水果、瓜子和几种点心，就听见了门响。

　　开门见到的果然是蕊琪，还是当年的文静、柔美，只不过稍微有点丰腴，合体的衣装更显几分成熟少妇的美。

　　荣轩此刻有些发怔。

　　"老帅哥，不认识啦？哈哈。"不太说话的蕊琪竟然先一步打破了僵局，并从身后送上一大捧百合，祝福我幸福。

　　客人让进屋后，除过几句工作、小孩、身体的简单询问后，荣轩觉得自己似乎没有了话题。为避免尴尬，就打开电视让美女边吃水果边看电视，自己借口躲进厨房。蕊琪还说要帮忙，肯定不能让她进厨房，这个小空间说不定会产生更多麻烦。

开始做饭的荣轩分明感觉到有一双眼睛从客厅瞟来，穿过餐厅，在自己的脸上、背上逡巡，像羽毛一样。不由得手有些发抖，倒进热油锅的辣椒噼里啪啦乱迸，一粒籽竟然进了眼睛，"哎呀！"荣轩下意识地喊道。

荣轩感觉到蕊琪来到了身边，可自己系着围裙，手上还有刀铲，污染了美女的漂亮衣衫该怎们办。所以就推却，可领错意的蕊琪还是把荣轩拽到了过道灯下。越和蕊琪靠近，袭来的香味使荣轩越不自然，脚不由得往后退，可蕊琪却一个劲向上赶。几经拉扯后，蕊琪索性一只手揽过了荣轩的腰，没办法再后退了，只好乖乖地让她擦已经流了下来的眼泪和那粒正合时宜的辣椒"炸弹"。

尽管一只眼睁着，却还是发现此刻的蕊琪是温柔的、端庄的。和雨霏豪爽活泼的美是两种不同的感觉。

正在心猿意马的时候，门开了。抬起头，却发现妻子一手拎包，一手拿个包装盒子，正惊讶地看着自己和蕊琪。

刚想和妻子招呼，说蕊琪早来了，可雨霏却愤怒地甩门而去，还说"你们……"反正没有听清楚。看来是误会我和蕊琪了。抢先下楼的蕊琪却说雨霏开车走了，没追上。

算了，以后有机会再解释。可蕊琪却再也不愿上楼了，失落地转身而去。

荣轩左等右等不见妻子回来，下午还有个重要会议，只好自己先吃了。会后，领导又火急火燎地带着科里几个人跑了一趟杭州，荣轩也得跟着去。期间给雨霏打了几次电话，就是没有人接。

回来后迎接荣轩的却是雨霏的一份离婚协议书。解释再解释，这个固执的女人就是不听，还说了一些自己与蕊琪不着边际的气话、脏话。想着疲惫的自己和怒目圆睁的妻子，荣轩气不打一处来，提起笔，在桌前的纸上签下自己的名字。

爱 情 投 递

雨泽又站在了栽有紫罗兰的院子门前。

手中的快递包微微颤抖，不是手在抖，而是身体里的血液顺着血管开始加速、升温、沸腾后传递到了手臂，只有雨泽能感觉得到。

门开了，那个清秀熟悉的身影出现了。

"你好。"女孩的声音还是那么清脆，与娇弱苍白的面容形成鲜明对比。她自然地接过雨泽的快递包，并签上名字，而后缓缓转身，慢慢踱进屋里。

芷兰，名如其人，芳香雅致。可她回眸一笑，却飘过一丝丝哀怨，顺着笔管的余温准确传递到雨泽的手里，静静地压下了沸腾的血液。

芷兰每周总有两三件快递，每次都会用雨泽所在的快递公司，而雨泽正好负责这个小区的快递业务，自然而然就成了女孩门前的常客。每次都是你好，微笑，谢谢，留一阵馨香，飘然而去，让满身大汗心跳加速的雨泽如沐春风，浑身通泰。

久而久之，雨泽分拣包裹时总会有意识重点寻找快递单上"芷兰"这熟悉而又期待的两个字。只要有了，雨泽觉得当天的天气会晴朗许多，心情会像缕缕清风吹过。如果哪天在堆成山的包裹里千挑万拣没有芷兰的快递，那一整天的云彩都会无比昏暗，浑身乏力。

此时，雨泽才慢慢发现了自己的心思。

可芷兰如兰草般高贵地开放在花棚里，怎能和雨泽这棵山脚的小草共处一室呢？雨泽时常在夜里一瓶啤酒伴着回味芷兰的笑容和声音，久久不能入眠。

无数次从拿到芷兰的快递，到站在熟悉期待的门口，雨泽握紧手，指甲掐到手心，像掐断某种东西一样。可面对女孩甜美的笑容和温馨的话语时，却忘了被自己掐红的手心和疼痛。

公司这段时间有个外派培训的名额，经理把名额留给了工作踏实却默默无闻的雨泽。当然，正好雨泽也想利用这难得的外出机会调整一下自己矛盾的心理。

一个多月后，雨泽回来了。他的业务区域也做了调整，另一个同事负责芷兰所在的小区快递。

一周，两周，日子像流水一样平静地度过。

终于，有一天，这个同事家里有事请假，雨泽便鬼使神差地主动承担起了他的快递任务。经理高兴地拍着雨泽的肩头，说自己没有看错人，其实他哪里知道雨泽心底那颗不曾泯灭的火团。

当雨泽拿着一个积压了两周的快递站到久违的院子门口时，期待如同醇酒袭来。

门开了，女孩走出来了，黑黑胖胖的，嘴里还含着一个棒棒糖，盯着雨泽上下打量了足足有三分钟，弄得雨泽浑身长刺般不舒服。

"请问，你是雨泽吗？你怎么才来呀？你知道我表姐等待得多着急呀？"还未等雨泽出声，胖女孩就像个熟人一样连续问道。

"表姐？难道她是芷兰的……"在雨泽纳闷间，胖女孩回身拿出一个铁盒交给雨泽，责怪道："表姐走的时候，托我一定要交给你，但你来得也太晚了。"

雨泽急忙询问芷兰的情况，从她表妹口中得到了答案：原来不修边幅，傻傻的满脸淳朴笑意，却又顾不得擦掉满头大汗的雨泽，在第一次相逢时就在芷兰的心底扎了根。芷兰糟糕的病情其实没有多少时间了，可雨泽的出现使坚强的女孩有了生存下去的希望。为了能见到自己暗恋的小伙子，芷兰委托外地的亲戚定期给自己寄一些东西，并点名要雨泽所在的快递公司。每次接快递前后，芷兰的精神总是有好转，似乎病痛也缓解了许多。所以，近多半年的见面，雨泽的声音，雨泽的笑容，都让女孩欢喜留恋，爱情把芷兰的生命延续了好长。只可惜，这两个月，雨泽的不告而别，终于使女孩的希望和支撑点破碎了⋯⋯

　　雨泽在胖女孩的叙述中慢慢打开铁盒，近百张快递单整齐地叠放在铁盒里。纸面上芷兰、雨泽的签名如同两只蝴蝶，蛰居在纸页上。

　　一阵风吹来，两只蝴蝶迅速脱离纸张，翩翩飘了起来，在雨泽的泪花中盘桓，飞转，然后飞向远方。

长了的东西要剪一剪

同一栋办公楼同一个公司，男人在七层，女人在八层。本来都很普通的两个人，却在匆匆忙忙的人群里有了心动的感觉。就像站在一面湖前，照耀自己眼睛的只有那一点光，你躲也躲不掉，避也避不开。就像杜拉拉在熙熙攘攘里最关注的总是王伟不太英俊的背影。

男人其实没有女人的丈夫高大帅气，女人也没有男人的妻子漂亮秀丽。但男人有出口成章的睿智，聚沙成塔的组织能力和举手投足的干练。男人不太出众的相貌在女人心底就有了石子划破水面后丝丝不断的涟漪。女人有别的女人没有的温柔细腻，清淡朴素却又得体的装束，时常一件出彩的衣衫或一个优雅的莞尔一笑，令男人回味几个梦乡。

在工作中，在聚餐时，在集体活动里，囿于办公室恋情和道德等诸多因素，男人和女人只是不约而同仿佛不经意地相视一笑，或者短暂地瞥上一眼，又很快假模假样地投入自己要干的事情当中。可就是这一个微笑，一个眼神，在男人和女人的灵魂中驻足，潺潺小溪般流淌许久……

女人常拿男人的光环套躺在身边的丈夫，平庸稍显窝囊，酗酒抽烟，口拙嘴笨的模样始终没有光环鲜亮。哪有男人间或送到桌前的一束小花，偷偷塞到手里的一件小东西带来的惬意。集体聚餐时男人分配鲜花、蛋糕和食品，女人总是得到最红的玫瑰、带有樱桃的蛋糕或者最香甜最大量的食品。可就是这不经意才会有火花和激情，炙烤着心胸。

男人也在忍受妻子的唠唠叨叨、懒散邋遢，对自己条理生活的无端指责。哪有女人交流时一袭稍显羞涩的温柔，和在大伙意见不一致时对男人义无反顾的支持。就这一点，就足以使男人心潮澎湃，找到了做男人的信心与生活的憧憬。

坐在电脑前，男人把屏幕上的图像都想象成楼上的女人，只要有机会都会借故路过女人的办公室，即使不进去也要用眼睛的余光扫一遍女人熟悉的身影。女人其实也在侧耳捕捉男人熟悉的脚步，和男人在楼道大声谈笑时留下的只有自己心襟荡漾的声音。所以男人在八楼的说话总是语调高半拍，女人的办公室门永远都是敞开着。

男人和女人在暧昧中走过了一年又一年，两人的孩子都长大了。间或在街上碰到，女人就加倍地把关心和爱意捧给男人的儿子，玩具枪、小汽车使得宝贝直喊阿姨伟大。男人则把过剩的呵护和慷慨给予女人的女儿，买水果，买糖，塞得小家伙的口袋满满的。

这样的行为让两个不太懂事的儿女对叔叔阿姨的热情印象深刻。

时光机器在不停运转，男人的气质与女人的风度如同酒缸里的陈酿迅速发酵，越来越浓，越来越香。但婚姻和道德的缸体以及工作环境的缸盖禁锢着男人和女人。

爱干净的男人喜欢每周洗两次澡，站在莲蓬头下，手指在泡沫之间前前后后地挠。长长的指甲如同几把坚韧的匕首，去除了头皮积淀的头屑后，也总会戳痛皮肤，一直保留了几天隐隐的痛，让人烦恼不已。

女人在洗漱化妆时，长发短发老是在梳子上纠缠。不用力梳不平顺，稍一用劲，那几根长发恶作剧般从白嫩的头皮上挣脱而下，麻麻的痛，直钻心底。

这些纠缠和刺痛在某个瞬间甚至一段很长的时间里，忽然变得那么沉重和压抑。

聪明的男人和女人闲暇时间，想到了心中、梦里、潜意识里隐藏着的他和她。

原来不能有的结果纠缠着二人，刺痛着对方相互的记忆和单相思。

于是，男人和女人有时也想，长了的东西是否应该剪一剪。

爱 情 诡 计

又一个不眠之夜，因为我再一次失恋。

在记忆中，这是第三个不眠之夜，也就是说我的三任女友先后把我当作拍子上的乒乓球，坚决而又任性地推出爱情的球桌。

当然，这只是一个同样纠结又布满愁绪的夜晚。只此一晚，到了明天，我会驱散雾霾，重新精神焕发，因为会有一个更好的女人在下一个站台等我。

第一次这样的想法安慰和鼓励了我，有了第二任女友；第二次想法也实现了，有了第三任，也就是刚刚和我拜拜，不带走一片云彩的女人。第四次一定要加油，后面会有真心的人在等着我，一定的，我剪掉已经萌发还未蔓延的愁绪后自忖。

回头想想，刚开始告诉首任女友生意失败了，破产不可避免，女友吃惊得像一个红眼的兔子被赶进荒凉的沙漠，失望加愤怒，眼神从闪亮逐渐灰暗，甩下一句"咱们可能没有共同语言了"，然后义无反顾地离开我的视线。其实她没有明白，下一句话我要说："只是一笔生意失败，没有伤及我的其他资产。"那辆为女友购买的粉色甲壳虫轿车正在屋外闪着调皮的双眼，迎接马上要失眠的夜晚。

在第二任女友的生日时，我们共饮红酒，微醺之后，又有了诡计的心理，朝女友幽幽地叹息，自己被微信朋友所骗，差点倾家荡产，可能今天桌上的牛排还要她掏钱。话未说完，不知因喝酒还是包间暖气太热，女友涨红着那张曾经娇羞的脸，怔怔三十秒后，摔下两张钞票愤然离席，让本来准备用9克拉钻戒求婚的想法成了云烟。面对最后的晚餐，当晚，我照常失眠。

第三任女友更直接和简单，交往一月有余，直接问我有没有一百八十平方米大房子和宝马越野车，我当然如实回答，没有。

她和前两任一样，一句"拜拜"后和我再见，从温文尔雅的淑女挽抱姿势瞬时成了仿牌女包甩在身后的小太妹。望着三任快步跑开的身影，我委屈地把即将蹦出的话咽回肚皮。我要说的是，我没有大房子宝马车，可我有别墅和奔驰呀。这一晚，我失眠的主要原因是：纳闷为啥女孩子们听话总是只听前半截，忽略后半段。

这次，我开始认真关注《非诚勿扰》《我们约会吧》《爱情连连看》等电视相亲节目，觉得真诚表白后也许还有真爱存在，当然必要的试探还会照常。

我上百合网注册，简历一栏填写打工，照片用最不满意的一张上传，除过爱好是电影、阅读以外，还填写了社区义工、青年志愿者等。

为了不再有失眠的夜晚，我层层过滤，多次筛选。

那个叫紫茵的女孩挤进我的视线。从照片看她属于放在人堆里都找不到的普通人，可电话连线后聊得却很投机。读书我喜欢英雄，她看传记。我说尼古拉斯凯奇，她谈安妮·海瑟薇。我大学去过甘肃支教，她暑假在贵阳助残。我同父母分开独自奋斗，她一人租住开网店……

总之，相同的爱好，相同的秉性，让我们在网上聊得有心情更有期盼。有次，我"无意"中吐露目前生活困顿，甚至无钱吃饭。几天后竟然收到紫茵寄来的一千元，提醒我吃饱穿暖，叮嘱我打起精神迎接明天。后来还说要来探望和我共渡难关。我当然拒绝，担心自己的谎言被戳穿。

这样的姑娘真是天下难找，尽管她长相普通一般。

在我要求见面并视频后，紫茵盯着我的视频看了好久，僵硬着脸问："你难道不嫌我长得难看？我现在开店，有风险，会随时破产。"

面对短发圆脸的姑娘，此刻是多么坚定，说我更喜欢你内心的善良和单纯，至于外貌和财物都是过眼云烟。紫茵显然对我的决定有些迟疑，通过视频，可以看到她的脸无表情，除过那双晶莹发光的眼眸。姑娘还一再提醒，现在决定还是太早，见面前还请认真斟酌考虑。毕竟，见光死的例子太多太多。多么善解人意的姑娘，这样的人不正是我一直期待的吗？

见面的当天，我还是坚信自己的决定，要和闪亮贤惠多情的紫茵走到一起，如果她不拒绝的话。

在一番交谈后，一米七八的个头和自己稍显过得去的长相，也使姑娘有些意外。看我决心已定，紫茵迅速转身跑向一辆停在路边的玛莎拉蒂，拉开门坐了进去。这是怎么回事？难道紫茵还兼职给人家当司机吗？

正在疑虑之间，一个长发及腰、花容月貌的女人从车里出来，婀娜地走到我面前，那双熟悉的晶亮眸子含情脉脉地看着我。

原来是紫茵，我差点叫了出来。莫

紫茵指着手中的硅胶面具说，为了找到真爱，也为了拒绝那些贪恋钱财和爱慕自己容颜的功利男人们，才出此下策试探。希望我不要介意她从淘宝网买的面具和试探的善意。

面对如此美丽的姑娘，我也坦诚相告自己的真实情况。

一样的追求爱情，一样的试探情况，紫茵红着脸很快靠进我的臂膀。

我知道，我的爱情诡计得逞了，今后再也不会失眠了。

外　遇

　　丽秋是市中心医院的妇科主任。

　　这天，她在一大堆求职的应届大学生中挑选了身材高挑、明眸皓齿的陈雪和其他几个学生。

　　这姑娘心思缜密，眼睛都会说话。这是科务会上，丽秋留下陈雪的主要原因。

　　见习期间需要指导老师，丽秋当仁不让要陈雪跟自己，这让同来的其他人羡慕，也让陈雪很激动，可是陈雪似乎有点不愿意。

　　病床前，丽秋不厌其烦甚至有些偏爱地教授诊断方法、病灶特征、用药原则、应对家属技巧。陈雪聪明好学，主任叮嘱过的别人还未嚼碎，她已经铭记在心。

　　丽秋是院里的爱岗敬业典范，这几年任劳任怨，常常自愿加班加点工作，每月的手术量和门诊量都在科室甚至全院名列前茅。同事们都佩服丽秋的敬业和精力，院领导自然不会错过这个先进样板。大会小会表扬。论文发表、课题研究等都会有丽秋的身影。丽秋带过的见习生许多都成为医院各个岗位上的骨干。当然，一摞摞的荣誉证书和满墙的表扬信上"丽秋"这两个字最显眼。

　　在别人眼里，丽秋是多么风光。其实，同院的急诊科医生朱倩最明白闺蜜丽秋的苦痛。丽秋的丈夫、中医学院的诊疗系副主任浩然去年有了外遇，一直和妻子闹离婚。这对曾经恩爱的模范夫妻此刻却要决裂，让心气极高的丽秋多么伤心失望，两人的冷战还在继续。

　　陈雪也为这个坚强的女人同情和叹息，可一想到要得到真正的爱情，作为女人，是如何也不会放弃的。丽秋如此，自己又何尝不是如此。此后，陈雪看到主任的背影时总是怪怪的。

在主任的精心指导下，陈雪进步迅速，在同来的见习医生中已经出类拔萃了。

有几次手术，丽秋都要求陈雪做自己的第一助手。在一些时间短、风险小的手术上还让陈雪上手，锻炼锻炼，这可是许多年轻医生日夜渴望的。

妇产科的患者大多都是待产孕妇，难产、胎位不正、大出血等在如今这个孕妇待遇堪比皇后的时代是多么少。

人的欲望是无限的，年轻的陈雪跟主任学了这么多，也参与了不下三十例手术，越来越觉得丽秋头上的光环没有那么闪亮。

几个小手术，谁都能应付得来，主任是否太小心谨慎了。陈雪有时暗自思忖。如果我独自上手术台，想必不会有多大问题。

这个念头一经出土，竟像春天的嫩芽迅速散枝长大，扰得陈雪不再安稳。可最近几次手术丽秋都没有同意。大家也都为陈雪的自负感到叹息。

这天，终于有个患者被推进科室，一系列常规检查后还是没有摸清患者肚子痛的原因，直到开完会的丽秋上手，才确诊是产前阵痛导致的宫痉挛，如果家属同意，当天就能手术。家属自然同意。丽秋顾不上休息和陈雪等诸多医护进了手术室，麻醉、准备切腹，而此时的丽秋面目苍白，站立不稳，手术刀在手里有些摇摆，众人劝丽秋休息，让陈雪主刀，完成此次手术。陈雪巴不得亲自上手，向主任保证自己会全力以赴，不会出现问题，并口头立下军令状。

在护士的搀扶下，丽秋拖着疲惫的身体，踱出手术室，还不忘担心地回头看看兴奋的陈雪。

　　世事难料，初次上手术台的陈雪竟然在紧张和激动中手忙脚乱，手术刀下去，割破了患者的动脉血管，差点让即将做妈妈的女人美梦难圆。幸好丽秋再次冲进手术台挽救，才保全了产妇生命。

　　事情还是被家属知道了，大闹病房，扬言要收拾陈雪，还要到法院起诉。弄得医院领导大为恼火，为了平息事件，责任人陈雪因在见习期，自然解除协议，丽秋也被口头警告。

　　医院同事都指责陈雪的自负和好大喜功，竟然敢立军令状，害得丽秋主任也跟着受处分。出了差错的陈雪，在大家的指责声中，心气大散，坚决拒绝了心爱男人的挽留，毅然离开这座城市。

　　此后，丽秋继续妇产科工作，只不过是一些重要业务都留给科室副主任负责，自己抽出大量时间回家，陪同伤心欲绝又回心转意的丈夫。

　　据朱倩说，浩然的小三是一个刚参加工作不久的女学生，不知什么原因，女学生抛弃了浩然，那个女学生好像姓陈。

局 长 老 爸

明月的爸爸是局长，所以明月在学校比较有名气。可明月总是步行上学，没有专车接送。大家都说她低调，没有官二代的架子。

班主任把前排中间位置安排给明月，课堂发言也多会眷顾她，同学们不计较，谁叫自己没有当官的老爸呢。明月本人也争气，没有坏毛病，学习刻苦，成绩优秀，还当了学习委员，连年三好学生。

有了荣誉关爱的明月也要回报学校和班级。班上开班会，对此，明月总是爽快地免费提供彩带彩条、小奖品等。学校卫生检查前，班主任有意无意地说："班上扫帚、拖把、抹布等工具不够，哪位同学给班上出份力呢？"大家都会齐刷刷盯着明月。"没问题，我来想办法。"在大家掌声中，明月感受到了无尚光荣，俨然成了学校的"明星"。

当然，学校里也不会放过这个"明星"学生的有利资源，损坏的课桌板凳、门窗，校长会找到明月，寻求她局长老爸的帮忙。在第二天放学后，那个衣服打补丁，满脸褶子的老工人会准时出现在教室，把指定的桌椅门窗修复如初，打磨光亮，有时还会涂上新漆。事成后，明月总会得到校领导的赞美与表扬。

久而久之，让明月的局长老爸帮忙似乎成了习惯。

大家都认为，学校沾明月老爸的光，明月老爸沾国家的光，学校也是国家的，也就不存在谁占便宜的问题，只不过占便宜的途径不同罢了。何况明月为学校做了贡献，学校回报明月奖励，明月在奖励下成绩稳定，学校在学生贡献中节省费用，有限的经费投入教学，皆大欢喜。这个道理校领导明白，老师明白，同学们明白，似乎明月的局长老爸也明白。

暑假前，学校准备盖师生餐厅，校长在翻看了花名册后，决定把有权有钱的学生家长召集来，开个恳谈会。家长们为了孩子的成长，心知肚明地准备接受"压榨"。明月的爸爸是局长，刚好最近出差，就派了那个常到学校修理桌椅的老工人参加。明月是这么说的，校长不介意，只要会上要求能落实就行。

在热烈的恳谈会上，校长大力赞扬各位家长多年来对学校的支持和帮助，并点名表扬了与会家长孩子们的优秀表现，暗示学校会特别照顾，力争帮助这些学生考上理想大学。会议中间校长也委婉地提出了建设师生餐厅的事情。那些有权有钱的家长"心甘情愿"地表示会捐水泥石灰，捐桌椅灶具，连餐厅打卡卖饭的机器都有家长愿意赞助。

最后留下最关键的餐厅项目审批没有人接手，校长只好求助代明月的局长老爸开会的老工人，他却始终不开口。窗外的明月满脸焦急，生怕这老工人拒绝。在校长和家长们期待的眼神中，尴尬的老工人红着脸，憋了半天，终于从紧绷的嘴巴里蹦出"我试试"三个字。会场顿时掌声一片，窗外的明月此刻却泪流两行。

一周后，砖瓦水泥等一应俱全地堆在操场，只等项目审批手续办下来就可以开工了。

三天过去了，一周、两周过去了，在校长着急等待的日子里，老工人终于送来了办好的项目审批手续。

学校餐厅如期建成，落成典礼上各位有贡献的家长都戴上了红花，老工人也责无旁贷地在主席台中央代替明月的局长老爸戴上了红花，老工人脸上的褶子似乎比以前深了许多。台下兴奋欢呼的学生中，明月最落寞，似乎有什么压抑着，高兴不起来。

那天，校长进城办事，发现那个常来学校修桌椅的老工人摆的鞋摊，准备凑上前打个招呼，可旁边同行与老工人的对话，却让校长止住了步子。

"局长，最近又给学校干啥活？"旁边修鞋摊上的师傅问道。

"唉，前段时间为了丫头学校餐厅建设手续，我给城建局局长瘫痪的爹免费做了半月护工，才求人家帮忙批了项目。"老工人边说边麻利地穿针引线。

"你这几年义务给学校干活，耽搁了生意不说，还倒贴钱，到底图个啥？还真把自己当局长呀？"旁边的师傅问。

"图啥，图丫头在人前说得起话，能踏实学习，只要考个好大学，我就满足了。谁叫我是开'鞋局'的局长呢，哈哈。"老工人说话间，手上的动作更快了，眼睛里的光似乎更亮堂了。

校长却无法再上前，停下的脚也沉重了许多。

无 效 欠 条

　　辛辛苦苦上学十几年，终于考上大学了，浩宇松了一口气，思量着该好好放松一下，就找父亲要钱，说出去和同学吃饭、喝酒、看电影、打魔兽……美美地痛快地潇洒几天。可回到家提及此事时，一向善良和蔼、对儿子言听计从的父亲却一反常态，严肃地拿出一张白纸摆在儿子面前，上面密密麻麻记了好多账。账单如下：

　　初中三年，学费$1200×3=3600$元，衣帽鞋袜等$1000×3=3000$元，吃饭每年$5000×3=15000$元，其他生病就医、同学生日礼金、节假日外出、上网等6000元。合计$3600+3000+15000+6000=27600$元。

　　高中三年，主要项目同上，增加：买手机一部1080元，山地自行车一辆1700元。合计：$27600+1080+1700=30380$元。

　　看着儿子不解的神情，父亲开口了："儿子，咱们是父子没错，老子养儿子也没错，可你早就在课堂学过'天下没有免费午餐'的道理。何况，大学你要上商务贸易专业，会更深入领悟获得必须付出的定律。所以，上大学前咱们父子好好算算这笔账。"

　　"算什么账？"浩宇还是迷茫。

　　父亲嘿嘿地笑道："当然是你在中学花销的账呀。小学和小学以前，也就是你十三岁以前，作为父亲有义务和责任抚养儿子，花多花少，都是我和你妈应该掏的。上中学后，你有了自立的能力，何况，每次有事，你总会说这是我的事，我要做主，不用你们管。因此，我们就把中学之后你的花销算作你自己的事，我们不再负担。"

　　说到这儿，父亲顿了顿，又接着说："今天这个账目只是花在你身上的主要项目，至于其他一些走亲访友的东西，包括你高二时给那个剪发头女生买花的钱都没有计算，毕竟每年不再重复发生，算作合理范围的误差。但有账就必须还，是不是这个道理？"

"我……我……明白"浩宇明显感到脸有些发热，心想父亲竟然还和自己算这些旧账，太不近人情了。

"我也不是不近人情。"父亲似乎看透了儿子的心思，"知道你现在没有这个能力还钱，可账不会消失。那么，从现在开始打欠条吧，我也不会向你要利息。"

"欠条？打啥欠条？我不打。"浩宇觉得心里有股气向头顶冲去。

"男子汉，有所为有所不为，你现在的行为让人觉得你就不是个真正的男子汉，也证明你所说的自己的事情自己办是空话，不值得信，对吗？"父亲明显想刺激一下要强的儿子，不温不火地说。

这招真灵，血气方刚的浩宇一下子被激起了火头。

"打就打，等我以后工作了，挣了钱一定还你，别小瞧人。"浩宇拽过本子，迅速撕了一张纸，开始写起欠条来。

在父亲"善意"的提醒下，浩宇打了三张欠条，初中一张，高中一张，另一张是这三天要花销的，已经和同学约好了，不好反悔。

打完欠条后，倔强的浩宇就出门了。他没有去寻同学潇洒，而是找了一家超市打工，想自己挣钱早日还清账，省的回家看老爸那皮笑肉不笑的脸。

大学报到前，打工的工资刚好凑够学费，加上第三张欠条上的一千元，浩宇没有向父母要多余的钱。为了赌气，坚决推掉父母要送的愿望，独自去学校报到。

大学四年，在欠条的"阴影"下，浩宇利用课余找了好几份兼职工作。赚的钱虽然不多，可每年的学费和基本生活费还是足够。几个假期都没有回家，一方面是好好复习，预习下学期的功课，还干了份家教。另一方面关键是不想再回家面对那几张欠条，他相信自己的能力。

毕业后，在学校期间兼职的工作经历让浩宇很快找了一家跨国物流公司的工作。四年的大学兼职和有账就还的习惯养成浩宇工作不隔夜，做事麻利干练的性格，短短三年时间就坐上了分区销售经理的位置。

这年休假，浩宇终于有时间闲下来，心里生了回家看看的念头。他这几年没有回家看父母，每次母亲打电话都是短短几句话应付，太忙了，也因为父亲的"欠条"母亲没有反对而让浩宇心里憋着气。尽管"欠条"成了父子之间的鸿沟，可亲情是什么东西也割舍不下的，尤其是每逢过节，公司同事急着回家的心情，回来后显摆似的分发父母捎带来的大包小包零食，让浩宇嫉妒又羡慕。

几年了，家里的一切熟悉却又陌生。父母虽然话不多，可因激动发红的眼眶却是真真的。寒暄过后，浩宇拿出自己的银行卡递给父亲，准备换自己打下的欠条。谁知父亲一把抓起几张欠条撕个粉碎，说："父养子，天经地义，这些欠条从你打下当日就已经作废，不然哪有你今天的成功。至于我和你妈老了不能动了，需要你赡养时，我们再给你打欠条，哈哈。"

此时的浩宇仿佛才明白了父母的苦心，没有欠条的刺激和督促，哪有自己今天的成就。浩宇为自己的自私懊悔，也为没能及时识破父亲的"狡猾"后悔，姜还是老的辣，浩宇抱着父亲说："爸，妈，到你们老了，你再给我打张无效欠条吧。"

特 殊 足 疗

　　圆梦公司的程总一踏进足浴店，浑身的酸痛似乎就消减了一半。也是，程总从农村蹦出来，上大学，找工作，辞职下海，辛辛苦苦十多年终于拥有了自己的圆梦公司，住上了上下两层三百多平方米的别墅，吃喝无忧，住用不愁。

　　作为孝子的程总自然不会忘记母亲多年的养育之恩，在搬入大房子后不久，就把守寡多年的老母亲接进城里住。可在农村忙活半辈子的老人是如何也住不惯这地板亮得能照人，卫生间和厨房的电器英文比汉字还多的敞亮别墅，过段时间就找借口回老家住几天。孝顺的儿子只得再驾车一百多公里跑回家，好说歹说劝回母亲。

　　如此几个来回，担心儿子来回奔波和路上的安全，母亲索性"安心"在城里住下，前提是儿子必须尽快找个媳妇，生个宝宝，让自己享受孙子绕膝的天伦之乐。

　　这可击中了儿子的软肋，程总为事业打拼数年，常年接触社会各色人等，可就是忘记了为自己留一个合适伴侣。尽管为了应酬接触过不少"白富美"，公司里也有漂亮的女下属上赶着往"钻石王老五"身上贴，可他却总是视而不见，坐怀不乱，一直坚持"兔子不吃窝边草"的金科玉律。可面对母亲不太过分的愿望时却心有愧疚，孝顺的儿子只有先答应下来，应付拖延一下。时间久了，母亲似乎也晓得了儿子的心思，没有再多问。只是辞掉了儿子雇来的保姆，亲自上楼下楼打扫卫生、洗衣服，为儿子做可口的家乡饭菜，倒也忙得停不下来。

　　这段时间，母亲在家似乎待得少了，笑容却多了。有几次询问总是说老人们的事情都琐碎，不让儿子操心，再问，似是推脱，忙碌的程总也就随其自便了。

这天，应酬结束的程总，扛着醉眼和朦胧涨大了的脑袋，陪客户走进足浴店休闲，在恍惚间被足浴店老板安排进熟悉的"荷花"包间内。也许这几日的"酒精考验"，加上多日疲惫，程总一挨上包间里的软沙发床，脚伸进冒着热气的中药水里，即刻浑身舒坦，无比惬意，就像小时候贪玩偷偷溜回家，冰冷的身体蜷进温暖的被子一样。

舒坦惬意让程总渐渐进入梦乡。

这个足疗师的手法也太好了，脚底板的几个穴位按压掐抻得那么到位，捶肩揉背的手劲使程总的梦十分香甜。梦中那儿时的游戏，案板上的葱油饼，母亲喂进自己嘴里的鸡腿肉，还有母亲在睡觉前，边讲故事边给自己洗脚，温度舒适的热水，轻柔按压，间或挠一下小脚心，引得小家伙笑声一串串……程总梦中散发着记忆的余味，在空中缕缕弥散。

待一觉醒来，揉着惺忪睡眼，程总伸展伸展胳膊准备起身，一个熟悉的身影迅速闪到了门外。

迟疑地程总询问进来添加茶水的服务员，服务员说："我们这位技师是一位老太太，她来我们店不要报酬，还免费打扫卫生，唯一的要求就是每次只为你服务，说她的足疗技术绝对让你满意，还不让我们告诉你……"

原来如此。

"妈！"泪如泉涌的程总冲出了包厢，朝熟悉的背影奔去。

亲 情 杀

李颖在深圳工作快五年了，毕业至今总共回家不到三次。

李颖的工作是普通的IT行业，公司是世界五百强企业控股的，实力雄厚，前景广阔，待遇诱人，可就是工作强度大。除过周末有半天时间休息，其他的时间都在公司鸽子笼一样的单间电脑前度过。尽管李颖已过二十七八，每月工资收入过万。可做程序员是多么枯燥乏味的事情啊。

李颖父母在陕西老家的一个小城市生活。城市青山绿水环绕，蓝天白云。倒也适合养老。出身公务员和教师的父母临近退休，面对岗位都没有多少留恋，毕竟为国家为教育贡献大半辈子，国家也不会亏待。难受的就是同事们的子女今天结婚了、明天出嫁了，过几天又有人要当爷爷奶奶或者外公外婆了，一场场的酒宴，一次次的红包刺激着老两口的眼球和心脏。

啥时间也能在女儿的婚礼上风光风光，抱上属于自己的外孙子，才是对老两口最好的安慰呀。为这事，李颖母亲多少次晚上睡不着觉。有几次甚至和老伴吵得要离家出走，直到自己开创意策划公司的外甥好说歹说才熄了战火，重回平淡。

可多少次催促宝贝女儿，都没有任何实际效果。李颖不是说公司时间紧、任务多，就是和李拓没有商量好，总之就是推辞。

李拓、李颖父母自然明白。大学时候陪女儿来家三四次，小伙话不多，可长得人高马大，精神头十足，倒也挺让老两口喜欢。可现在的状况却让人生气不少。

"李拓李拓，我看就是个托。结婚的事也拖，拖拖拖，拖到七老八十看谁着急。"这是有次老人埋怨的话，尽管这个老教师一辈子和和蔼蔼。

可一想到女儿在大城市谋份工作不容易，何况还是大公司，是白领，在电话里无论如何是催不出效果的。每年回家的几天忙着给李颖做这好吃的做那好吃的，还不忍打扰宝贝女儿总也睡不完的好觉。所以就再也没有音讯了。

可不能再等了，马上就三十了。老两口在今年李颖回家前两天再也坐不住了。

最终李颖父亲走进了外甥的家。

回来后胸有成竹等着女儿。

宝贝女儿回家过年自然是一家人最开心的事。吃过玩过，还是睡不完的觉，这两天父母没有在耳边絮叨结婚的事，只简单问了问男友李拓的情况。在得知两人工作交往都正常的情况下，父母竟然再没有下文了。这倒让李颖有点不适应，觉得父母有事情瞒着自己，是什么事呢？

初一这天，一家人早餐过后，父亲建议出去走走，得到了母女的同意。

广场上人倒不少，一家又一家的人，在冬日暖阳下共同享受团聚的美好与幸福。在几个活蹦乱跳的小朋友跟前，父母总是多待一会，微风吹过，老人鬓角的白发似乎更多。李颖此时才觉得父母老了，心里乱乱的。

走过一家酒店，店门口还未拆下的婚礼拱门依然孤独又倔强地耸立在冰冷却热闹的广场上。在要穿过鲜红的拱门时，李颖父亲忽然对挽着胳膊的女儿说："颖，陪爸走一次吧，等你结婚时我怕走不了了。"在父亲期待的眼神和话语中，李颖看见一旁的母亲好像背过身去，擦拭眼角亮亮的东西。

李颖此刻心如刀割，看来自己的担心成真的了，父亲母亲肯定……此刻她甚至都不敢多想。在挽着父亲走过短短几米的拱门时，李颖的脚步是缓慢得不能再缓了，好让辛苦可亲的老人多享受一会儿女儿"出嫁"的喜悦。

提前回深圳后，李颖火速召回还在老家的李拓，说出了想结婚的想法。倒让这个南方小伙子不知所措，多年的愿望终于从女友口中说出来有些不适应了，可回答自然是肯定、一定以及确定。

当天晚上，李拓父母明显有些激动的电话随之打来。看来男方的父母没有任何问题，李颖父母想。

一切从速。

一切按部就班却又自然而然。

在李颖李拓热闹温馨的婚礼现场，等把宝贝女儿交到新郎手中后，李颖的父母似乎成了全场最幸福的人。

喝酒，几十年心中积攒的酒量在今天释放出来了。

敬领导，敬亲家，敬朋友，最多的还是敬开创意策划公司的外甥。因为，没有外甥公司量身定制的策划方案，就没有老两口的亲情，自然也就没有女儿幸福的婚姻和美好的未来。

这天，一向不太沾酒的老两口，都醉了。

载着客人风驰在夜幕初上的滨海大道，李建享受着豪车操控的舒适与静谧。副驾上的美女面若桃花，微醺袭人。不知名的香水幽幽地混在淡淡的酒气里，慢慢在车厢里飘散，熏得李建满鼻生香，如痴如醉……

理　发　师

　　木子的理发屋开在城郊村的一间民房里，十四五个平方米的空间用布帘隔成两个部分。帘子后边一小部分作为洗头的地方，外间的墙上间隔一米左右有两块大镜子，镜子前的木隔板上放着新购置的理发工具，两把弯背的电镀椅子和头顶上旋转的吊扇以及墙角放置染发剂、洗头膏、啫喱水、护发素等的柜子，构成 "木子理发屋" 的全部内容。

　　木子唇红齿白，目似秋月，发如流瀑，不太多说话却又爱笑，脸蛋上的两个酒窝深沟似的，把这条街上五金铺、水果铺、菜店、粮店的女主人们比得无法出门。这些女人们就掏出久存在钱包中的钞票买化妆品、护肤品，有几个决心大的还订购了美容卡，定期出去美容保养。

　　可美这种东西讲究天然去雕饰，刻意加工反而有类犬之嫌。制作美的效果不明显的女主人女老板们，就把怨气转到木子身上。狐狸精、妖媚子甚至不沾边的扫把星、破鞋等能咒骂破败女人的词语都用上了。甚至还有一大段一大段的绯闻在这条街道上流传，比早餐摊上的油烟气息飘得还远还高。

　　木子却对这些不屑置辩，男女老少顾客进门出门，公道的价格之外，迷人的笑容，娇羞百媚的酒窝，让人舒坦。大家甘愿多走几步路、多掏几元钱来光临木子理发屋。尤其一些年轻小伙，经常有事无事光顾：有发理发，无发剃须，无须洗头。总之，只要有木子的笑容泡着，有木子温柔的手抚摸着，就是知足的幸运的。有几个人甚至有意无意地向木子眉目传情、递物送花，无事献殷勤地帮助打扫屋子、倒垃圾，甚至送水买饭。

　　木子对这些人总是微笑着，客气着，有礼有节地掌握着待客的尺度，让无意的人更加有意，让有意的人不失去耐性。

这就是落花有意，流水无情呀！

时间在一天天向前走着，街上的气象变化着，街坊店铺里的女主人女老板们的诅咒和讥讽随时光逐渐淡去。

木子理发屋和木子的笑容依然是这条城郊村街道的亮丽风景。

终于有一天，木子理发屋关门了。

两天，一周，一月过去了，常来常往的顾客对木子的去向从失落、好奇、猜测转到平静。

街上的女主人女老板们也能自如地坐在门铺前出口气时，一部全国热映的电影《理发师》也在小城上映了，看过的人都说电影的女主角非常像小街上失踪的木子。

后来的娱乐报纸版面报道了著名国际巨星××为了拍好电影，隐姓埋名在某小城开理发店、体验生活的事实。

街上的女主人们的话题和眉梢又高了许多，能和如此大牌的明星在一条街上相处几个月，多幸福。你瞧，人家那笑容，人家那仪态，人家那说话……

打　　工

刚子天还没亮就已经骑车出门了，本来想在家再窝几天的，可母亲每天的唠叨和父亲那不停的叹息声，像刀子般在后背割来割去。

毕业快五年了，除过去深圳打工的两三年，其余时间都是在找工作中消磨。推销员、策划师、文秘，甚至送水工都干过，最长半年，最短也就二十多天。工作在不断地变换着，刚子残存的那点儿大学生的傲气心理导致他与各色老板一不合拍就拍屁股走人。花完手中的钱只有窝在家里看书上网。父母亲刚开始对儿子找不到工作忧心，可看着周围和儿子同龄的年轻人都谈婚论嫁，甚至生儿育女，刚子先立业后成家的倔强劲又令做父母的多了一层隐忧。

今天刚子实在受不了父母的"冷战"，才决定出门找工作。来到城南郊的建材市场门前，这个民间的劳务市场早已熙熙攘攘，那些城郊村来的男人女人，车把上、车座上，甚至手上举的牌子都写着木工、电工、钳工、瓦工……再不济的也用废纸片旧报纸写上修屋顶、通马桶，几个中年妇女还举着打扫卫生干零活的纸片在路边四处张望。早上来雇零工的人真不少，一有摩托车过来或者小轿车把车窗摇个缝，总有一群人围上去，熟练地讨工问薪，一阵喧闹后，几个打败竞争对手的人笑嘻嘻地骑上车子，迅速跟上雇主的车辆吸着尾气欢快离去。

在大学时，刚子和香秀也来过这个地方。那是刚逛完公园，随意走到这个自发起来的劳务市场，场景和今天差不多。可当时刚子还对正嗑瓜子的香秀吹嘘，咱啥时候都不会来这地方的。

大学悠闲生活和优越感支撑着两个恋爱中年轻人迷乱的心。后来，要不是怕受拖累，要不是独自背上行囊去南方打拼，要不是……香秀就不会挥泪而去，也许我们已有儿女，多种可能存在的也许，使刚子心烦意乱。不好意思站在人堆里，只好把车子推到路边一个歪脖子树下，离说笑怒骂的人群和吐痰擤鼻涕的地界远一些，等待天使一般的雇主降临。

正想着，一辆丰田车上下来一位衣着光鲜笔挺，戴眼镜的秀气男人。"天使"一般的男人在人群里搜寻一番后，绕过围过来的人流，目光落在刚子清瘦的身上。"天使"要为自己的小别墅找一个保安兼门卫，这些粗汉难入法眼，只有树下这个小伙子忧郁的眼神中流露出许多刚毅和不同其他人的地方。

询问了简单的情况后，"天使"暗喜自己找了一个大学生。刚子认为不干体力活又有舒适的工作环境，双方满意，皆大欢喜。

翌日，刚子穿上崭新的"水泥灰"制服，站在漂亮的别墅门前，挺直腰板，心里在打算啥时间也能拥有自己的别墅，那该多好。

半个月很快过去了，刚子一切感觉良好。看门，为花园浇浇水，替"天使"喂喂那几只价值不菲的名犬，还能上网。只是别墅的女主人始终没有露面，听说女主人去广州谈一笔合同，快回来了。要想长久干下去，给女主人的第一印象是非常重要的，这也是做过营销的人才有的心思。

这天，当丰田轿车熟悉的嘀嘀声响起时，刚子迅速整理好服装，熟练地打开大门，然后毕恭毕敬地弯腰为车内的"女天使"打开车门。那种名贵香水的气味冲鼻而来，刚子有些眩晕。待"女天使"抬起头后，两个人都愣住了。

"香秀！""刚子！"两人不约而同地叫出了声。

"你们认识呀？""天使"推着鼻头的眼镜，疑惑地问道。

"是呀，这是我老家一个熟人，真巧。"香秀急忙掩饰，并红着脸走上了台阶。还在愣神的刚子，不知过了多久才缓过神，沉重地关上那扇不再轻松的大门……

第二天，"天使"回家后，在刚子的屋里发现了辞职信和叠得整整齐齐的"水泥灰"制服。

刚子走了，窗户内的女人知道，刚子不会再回来了。

原　来　如　此

再过一周就是中秋节了，又是分公司侯经理伤脑筋的时候。

按行情和规矩，节前该给总公司各位"老爷"上贡了。

前多年，到亲戚家买百十箱苹果，给大家过节发福利，顺便给上级要害部门头头一人一箱，总公司老总们两箱，算拜节了。后来演变成价格更高的提子葡萄，再后来嫌大包小包碍事，只送购物卡。可这几年国家三令五申购物卡实名制，谁愿意在报表和账单里出现送礼的字样。演变到这两年，就是直接一个信封，里面几张毛爷爷，遇见主动的就说是拜节，有些固执的就说送个文件，信封一放走人即可。

这都是小困难，哪家公司实力雄厚，经理都会大方。可问题是去年报的几个项目一直没有批，公司利润下降，周转资金困难。打听一下别的几个县兄弟公司，今年都是中层一巴掌，也就是五张毛爷爷，总公司老总们两巴掌，整一千的行情。

人家都送了，咱不能太寒酸，省得到时有"好事"时姑嫌姨不爱的。侯经理决定克服困难，千方百计也得出这些能为公司带来发展的红版纸票。关键是不能让上边看笑话，已经申报的项目可不能再黄了。

至于资金，把准备给工程队的款子缓几天。那些上门闹事的民工又没有直接和咱签协议，犯不着无私奉献爱心。当然，叮嘱财务股长时，侯经理手心还是有些冒虚汗。

照旧，按照业务对口，物资、财务、生产、质检等几个股长身揣信封按部就班找上级"送文件"。总公司几位老总只有侯经理本人亲自出面，公文包里加两份文件，数个鼓鼓的信封挨个登门。

在一派客气祥和、你好我好的攻守中，文件都送了出去，侯经理短时间完成了任务。下午回到分公司，各部门分别汇报自己的外交成果，基本顺利。

可财务上的小周还是出了岔子，原来财务股长老父亲生病请假，临走把光荣任务留给了刚上班不到三个月的小周身上。

初进大衙门的小周紧张万分，不知套路。走进财务处，看见财务经理办公室里有个戴眼镜的领导，胖胖的，非常严肃地询问来意。吓得小周手脚都无处放了，干脆把信封往桌子上一放，说："我们侯经理让我给领导送的文件。"还未等领导问明情况，就撒腿跑了出来。

"戴眼镜的领导？"大家都在纳闷。

"财务处长没有戴眼镜呀，是年轻的瘦子。"侯经理着急地问，"你看准房间号了吗？"

"看准了，是515办公室呀。"小周蛮自信地说。

"成事不足，败事有余。"侯经理指着小周发火了，"财务处陈处长在516室，515室坐着即将退休的老岳。"

"老岳戴眼镜，一直负责审计，老是一本正经的，谁见了都发怵。"大家一说起老岳，都有同感。

"怎么办？"小周闯了祸似的低着头，小声问。

"凉拌，送出去的包子还能从狗嘴里掏出来？"侯经理恨恨地说。尽管心疼那一巴掌。后来，侯经理只有重新往陈处长办公室跑了一趟，这事才算了结。

一周后，积压一年多的项目批了。侯经理在会上申明这是自己"亡羊补牢"的结果。

有次去总公司办事，侯经理被515室的老岳拽了过去。老岳一反往日的严肃，客气和蔼地给侯经理倒茶递烟。

"承蒙老弟你看得起老哥，在老哥快要退休了还表示心意，哪像其他分公司的白眼狼们。"老岳不无感慨地说。

"那是应该的。"嘴上接应着，侯经理心里却琢磨自己啥时间给老岳进贡了，也没有请人家吃饭呀。嗳，不会是小周送错文件的事情吧？

"为了报答你老弟的盛情，哥哥我没其他忙可帮，就托内弟在市上走了个关系，把你们报来的计划给办妥了……"老岳娓娓道来。

侯经理一拍脑门，握着老岳的手，喊道："感谢你，原来如此。"

"感谢小周，原来如此呀。"

什么原来如此，老岳不知这家伙发什么癔症，嘴巴张得老大老大，到底是高兴，还是惊讶。

暑 期 培 训

暑假开始了，一年一度的教师培训也随之开始。

石梅夹着培训教材、笔记本和最新的《读者》合订本，走进师院东门口的阶梯教室，准备参加这熬人的暑期培训。

石梅进教室后，想在后几排找个座位，好专心读自己的《读者》。可后几排早就满员了，只好在中间靠前的地方找座位坐了下来，心虚而又紧张地放下教材、笔记本，也不和周边的人说话。

石梅心虚自己是冒名顶替的。

原来，不爱热闹的大三学生石梅，暑假期间宅在家里上网看电视。

这天，刚好当数学老师的姑姑过来串门，和嫂子聊天说到教师培训的种种烦恼。家中孩子没人带，自己还偷偷办了辅导班，准备赚点外快，可不参加不行，教师培训结果影响年底综合考核。石梅妈则感叹丫头整天不出门，怕待时间长了闷出病来。

于是，精明的姑嫂一合计，让石梅顶替姑姑参加培训课程，既缓解了姑姑的缺席之虑，又让侄女换个环境放松一下，说不定还能学到一些有用的教育教学知识呢，三全其美。最重要的一点是女儿像姑姑，石梅活脱脱是姑姑当年的模样。

按照姑姑嘱托，教师培训课程简单无聊，讲课老师都是师院教授或者外边邀请的专家，反正不会认出几个学员的。关键是上午下午课前课后四次点名有人答到就万事大吉。

石梅把心思转回课堂上。今天上课的是位白发苍苍的老教授，进门后在鼻子上挂一副老花眼镜，翻看名单开始点名。近一百二十人的大名单足足让老教授停顿了三四次，点完名，全勤，上课，老教授的眼睛从始至终没有往下面的座位上瞅一眼。石梅发现教室里充其量只有八十人，自己分明听到身旁的一个年轻男老师用不同声音答了三次到，可惜距讲台不远的教授愣是没发现。一堂教育心理学顺顺利利地结束了，下午如此，只不过换了位女专家而已。

就这样，第一天安全度过，石梅松了一口气。晚上回家享受了姑姑买回来的肯德基套餐。

第二天，第三天……不同的讲课老师，不同的培训课程，同样的答到方式。石梅走马观花地了解了教育学、心理学、新课程设计，还有什么洋思教学、杜郎模式等等，同时也读完了两大本《读者》合订本和一本《微型小说精选》。

培训期间，有几个青年男教师多次想和漂亮的石梅老师交流，石老师长石老师短，让石梅好不紧张，怕一出口漏了馅给姑姑惹麻烦。可大学生好动的本性还是掩饰不了，石梅也琢磨，我此刻的身份是姑姑石婷，当然也就是"石老师"呀，更重要的是自己是美女，如果太冷面，反而会给姑姑今后的圈子留下不好的影响。加之，上课本来就非常枯燥，找几个新朋友聊天也不失为一种解闷的办法。

这样，石梅也渐渐放松了，和身边几个同龄的男女教师们聊天。可大家交流的话题涉及教育教学的很少，新课程改革、教师福利、学校领导个性、学生好孬等本就属于教师的热门议题，却很少被大家提起，倒是国家领导更迭、明星八卦、社会杂谈、衣装鞋帽、微信淘宝等成了话题中心。

也许这些在校园里待烦了的园丁们，干啥的不喜欢啥，更愿意多了解一些课堂和校园外的东西吧，石梅这样想，这也是自己在大学宿舍"卧谈会"的中心议题，大家当然能说到一块儿。另一方面，不说教育教学更好，省得别人发现自己是个"冒牌货"反而不妙，石梅暗自高兴。

不知不觉中，半个多月的培训结束了。后面的结业考试是开卷，有教材，当然难不倒考场老手的石梅，只用了不到三分之二的时间，石梅替姑姑拿到了三个95分以上的好成绩。

结业证书拿到手后，还是那几个爱和石梅凑成堆的男老师过来主动告别。有的掏出名片，热情地告诉石老师自己的单位和联系方式。"咦，你不是老师，怎么单位都不是学校呀？"石梅纳闷着。

"不好意思，我是替二姨夫来的，他假期在家办了奥数班。"甲男说。

"我是替娃他班主任来的，娃每天要学两个小时的钢琴课，老师说我替一天课，孩子两小时课程费就免了，反正机关单位管得松。"乙男说。

还有两个大学生，一个大一顶替父亲，一个研二替别人上课，为自己赚学费。

石梅彻底蒙了，也说了自己的事情。大家都相视一望，然后哈哈大笑起来。这笑声中的苦涩、无奈，还有其他一些什么东西，像雾霾一样悬在师院上空，久久没有散去。

都是鲜花惹的祸

文博和欣荣同在一个科室。

文博和欣荣都有各自幸福的小家庭。

虽干同样一份工作，可男女有别，办公室里随大流，和其他同事一样大家有说有笑。可一出办公楼，彼此见面却像偶遇的人一样客气有加。

这一天，处长派二人去市里办事，乘一辆车去不同单位。办完公差后司机电话里说处长有急事要用车，让二人自行回家。市区距单位也就三四站路，坐车有些划不来。文博提出步行，说锻炼锻炼，欣荣点头同意。

在街上匆匆人流车流中，首次单独相处前后而行的二人，自然有些怪怪的。文博一只手插在口袋里，手心却汗津津的。欣荣有天然的遮挡品——背包，所以有了搁手的地方。虽然不能像情侣一样地肩并肩，手拉手，谈笑风生，可偶尔一句东拉西扯的话语，还是让别人明白这是让人艳羡的一对。因为男人帅气高大，女人青春漂亮。

"先生，给太太买束花吧。"刚到桥头就有小女孩拦住了路。小女孩认定二人是情侣关系，主动推销手中的玫瑰花。

文博有些犹豫。买吧，给女同事尤其是这么……这么漂亮的女人送玫瑰花，合不合适？不买，美女如果认为自己是吝啬小气的男人，那以后在单位还怎么混。

回头看看欣荣，正冲自己微笑，河风拂来脸上有些浅红。眼前的小女孩还在用过于熟练的语句赞美自己身旁美丽漂亮的"假爱人"。在男人自尊儒雅情绪的驱使下，文博掏出十元钞票。

"一枝四块，今天情人节大促销，三枝十块。"小女孩飞快地把早就准备好的三枝玫瑰塞到文博手中，转身跑了。

看着小女孩慌张的样子，文博把花捧给了哈哈大笑的女人。有了鲜花，就有了中心话题，两人围绕小女孩卖花的情景和手中的花，自然肩并肩走到一起，有说有笑，似乎又回到了办公室的天地里。

不知不觉中，谈笑风生的两个男女走进了办公室。

男人谈兴正浓，脚下生风，女人手捧鲜花，温柔羞红。

遇见的同事都张大嘴看着二人一前一后回来，然后都面露狐疑地询问："你们，你们两个……好漂亮的花哟。啊，明白了，明白了。"同事们都开心地笑了。

明白什么了？二人还在刚才的谈话中没有回过神来。

在情人节当天文博送玫瑰给欣荣，自然两个人就是那什么了。

两人相恋相处的传闻就像久酿的陈醋被揭开盖子一样，迅速在机关各个办公室之间传递。传递的过程中，一些二人交往的情节当然被细节化、情绪化、激情化了。

起初二人都不在意，本来机关就有几个喜欢开玩笑的同事，办公室大家聊天时也会拿玫瑰花说事。

可说的时间长了，文博却被挟裹着开始发现欣荣的温柔、靓丽、贴心，欣荣也有意无意用大家的说法衡量文博的大度、风趣、文采。这悄然而起的波澜还是被处长敏锐地发现了。

几次科室会后，处长都会有意无意地强调科室同志间要注意交往分寸。说者有心，听者也会意。

为了家庭，为了爱人和孩子，文博和欣荣都感觉到了自己心里长高的茅草有些扰心，就开始找寻对方的不足，以压低那团还未燃烧起来的火焰。

于是，欣荣从办公桌上的花瓶中抽出快要枯萎的玫瑰，义无反顾扔进垃圾桶。文博则在工作中有意斥责欣荣的差错。两人的谈话、交往似乎变了味道,讨厌憎恨的情绪占了上风,发泄的地方自然就是工作。你的材料这样写,我偏要改成那样。我的数据是南多北少,你的就是北多南少。

为此,两人常常争执吵闹,其声音之大、情绪之激烈似乎怕别人听不到似的。

因不专心或者怄气等原因,以致工作出了责任事故,处长被局长狠批了一顿。

气怒、诧异的处长不明白文博和欣荣二人从暧昧到仇人之间的时间咋就这么短。为了工作,为了科室团结,处长不得不将文博调到基层任职,才让二人消停了下来。

后来,静下心后,文博和欣荣二人思量,都是鲜花惹的祸。

帮 凶

十八岁的虎子在来花园小区当保安前，始终没有离开过小村庄所在的大山。

是爹托熟人花了半袋子山核桃，才谋来这个差事。爹送虎子上班时曾语重心长地叮嘱儿子要听领导话，多动手多跑腿少说话，别给咱山里人丢脸。

虎子上岗后就按照老爹说的，上班认真站岗、巡查，盘查可疑人员，保卫业主安全。下班后还帮小区业主搬东西、洗车，甚至帮保洁阿姨打扫卫生。大伙都竖起大拇指说小伙子人不错，受到表扬的虎子更加勤快。

虎子尤其对胖胖的保安经理言听计从，胖经理指哪儿打哪儿，从不含糊。一个多月下来，胖经理拍着虎子的肩膀表扬，说小伙子人不错，前途无量，还说要给虎子加工资。

虎子听了美滋滋的。

一天，虎子亲眼看见胖经理向一个开着四个环标志、油光发亮的轿车敬礼，四个环都开出去好远，胖经理还在蓝烟中谄笑。后来，在上级的检查中，胖经理又向几个四个环标志的轿车敬礼，车里的领导摇下窗户招了一下手，胖经理激动得半天都说不出话来，连车轮上的泥水溅到衣服上都顾不得擦。胖经理敬礼赔笑，虎子也敬礼赔笑，胖经理激动，虎子也激动，至于激动个啥，他不清楚。

后来，虎子问为啥要敬礼，胖经理告诉他："四个环的车是奥迪，高级车，一般坐奥迪车的都是领导。"虎子就纳闷，车就是车，咋还有个名字叫奥迪，可经理说了，见到领导坐的奥迪车就要敬礼，还要帮领导开车门，这样才能得到领导赏识，才会有进步。

进步是个啥，为啥要进步，虎子不懂。但进步也许就能加工资，给山里的爹和娘买好吃的，爹还说等攒够钱给虎子娶媳妇呢。

所以，虎子工作的热情和劲头就更加足了。

接下来的时间里，虎子总是按照经理交代，向四个环的奥迪车敬礼，后来甚至还向两个环、三个环的领导轿车敬礼。

这天下班后在小区巡查，虎子发现有辆四个环的奥迪车停在一个单元楼门口。一位开车的"领导"正往车上装电脑、照相机，还有许多小盒子和包袱，车旁边还掉了一个装项链的盒子。

看着忙得满头大汗的"领导"，虎子想起经理的嘱咐，急忙上前捡了起来递到领导手中，还自告奋勇地帮助"领导"把一个大彩电塞进了后备箱。尽管"领导"忙得大汗淋漓，还不住地拒绝虎子的帮助。

车要开时，虎子替"领导"开车门，还毕恭毕敬地敬了礼，弄得"领导"脸红红的。目视着四个环的奥迪一溜烟出了小区门，虎子才放下了举酸的胳膊，心想为"领导"帮了忙，不知经理会怎样夸自己呢。

第二天，虎子就被带进派出所。因为有业主家里被盗了，小区摄像头拍到了虎子搬运"赃物"的视频。

警察审问他，啥时间开始盗窃的，偷了多少东西，同伙还有谁。第一次进派出所的虎子蒙了，连吓带怕后，才如实回答。审讯的警察第一次遇到这种"小偷"，差点给逗乐了。后来多方调查，证实了虎子的回答真实，都在为这个单纯的小伙子惋惜。

虎子被关了两天后才让经理领了回来。胖经理鼻子都气歪了，狠狠地训了他一顿，说虎子不问青红皂白就帮小偷，既擅离职守又成了帮凶，还说今年的先进评选毁在了虎子身上。

过了几天，警察押着那个开四环奥迪车的"领导"指认现场时，虎子才知道，这个"领导"是小偷，当时正在做案呢，是个盗窃犯。

虎子被辞退了，好长时间他还在纳闷，经理对开四个环车的领导鞠躬敬礼，自己按吩咐也帮了领导，咋就成了帮凶呢？

正 式 工

养路工老陈快退休了。

可退休后儿子顶岗的问题却让老陈确实纠结。陈公、陈路两兄弟双胞胎，曾经是老陈在别人面前炫耀的最大资本。

尽管一母同胞，可兄弟俩的性格却大不相同。不同的是陈公稳重踏实，陈路活泼张扬；相同的是两个兄弟读书学习成绩总在班上后几位徘徊，后来好混歹混技校毕业，却都面临找工作的难题。

老陈工作的城关道班在城郊不远，道工虽说是个不起眼的工作，可属事业编制，国家财政供养。扫路修路养路虽与灰尘泥土垃圾打交道，工资不高工作却稳定，旱涝保收。何况养路工还有不少户外补贴等，每月比别人多拿几百没问题。

老陈退休顶岗的政策是最后一年了，机会难得。

让谁顶岗成为正式工呢？老陈和老伴熬煎得几宿都没有睡好。

老大陈公老实木讷，如果顶岗干工作错不了。可照大儿子的性格，只知道低头干活不知往上看，一辈子到头来都是个与马路打交道的主，说不定还会因为老实受人欺负呢。老二陈路虽说不踏实，可心眼活泛，脑瓜灵光，嘴皮子又利索，如果成了正式工，手伸进国家饭碗，凭老二的灵醒劲，说不定会有更好的进步，到公路段混个一官半职，为老陈家改改门风也说不定，到时咱脸上也有光有彩。

拿定主意的老陈很快给陈路办了顶岗手续，自己也光荣退休了。对此事，老陈本想给大儿子好好解释一下，可陈公却懂事地安慰父母，说自己是老大，理应让弟弟施展才华，何况扫马路修公路也不是什么好职业。老大的这番话让老陈两口子纠结的心一下子松开了许多。

陈路成了正式工后，发挥自己的聪明本性和如簧之舌，和段上领导能搞好交情，工作中一顿饭一包烟就打发了同事们，让大伙有吃人嘴短，拿人手软之忧，就都帮着干陈路该干的工作。所以，陈路会有大量时间走上层路线。短短几年，陈路评了高级工，工资升了不说，最让老陈满意的是陈路和段长女儿搞上了对象，半年内奉子完婚，成了段长的乘龙快婿，完成了父母的大心愿，老陈两口子睡觉都会笑醒来。

幸亏让老二接了班，这才使陈家门风大改，看来，这小子前途无量呀。老陈夫妇时常会思忖。

老大陈公先在城里打工，干过保安、推销，贩过水果，后来利用赚来的钱在公路边承包了几十亩地搞大棚蔬菜。这让老陈想不通，一个技校生好歹算半个知识分子，不在城里找份体面的工作也就罢了，却跑回来当农民种菜，还不如养路工，是不是这娃脑子进水了。可陈公非常固执，一条道走到黑，无论父母咋样劝也无济于事。好在这几年城市迅速扩张，人口增加，新鲜蔬菜大受欢迎，陈公的蔬菜供不应求，坐在家门口都有人上门谈生意，钱赚了不少。后来，陈公又和中学同学云娟从相恋到结婚，小夫妻恩爱，对父母孝顺有加，总算对老陈两口子有了安慰。

春风得意的陈路却不知何时染上了赌瘾，三天两头进赌场，输光了工资不说，还在外面背了债。加之老岳父退休，新来的段长实行责任区划段承包，同事们各顾各，陈路只得拿起铁锨扫把上路，工作毕竟没有在赌场自由潇洒。脑子活泛的陈路就想起了找人顶岗，既不出力又保住饭碗，反正完成责任区的工作就行。

找谁合适呢？陈路想起了路边当菜老板的哥哥。起初陈公不答应，认为这是欺骗单位，弟弟拿出每月一千元的报酬，才说动了哥哥。陈公想道工清扫马路本就没有什么技术含量，又能多拿一千元工资，况且，公路边就是自己的蔬菜大棚，既能照看生意、又能帮助弟弟，就和媳妇商量后答应了。

　　陈氏兄弟长的本来就像，陈公又沉默寡言，同事领导只以为陈路浪子回头踏实工作了，都非常高兴，也不再追究什么。陈路只拿出三分之一的工资就保住饭碗，还能在赌场天马行空，别提多美了。

　　接下活后的陈公兢兢业业，不但把自己的责任区弄得干干净净，路肩顺适，绿化平台无杂草，养护路段花开艳草生绿，屡屡在公路局的月考核中拿第一，而且道班同事有事一声招呼，陈公也痛快帮忙，毫无怨言。

　　有两次，陈公在工作期间救了遭遇车祸的司机和路人，获得了当事人送来的锦旗和表扬信，尽管都是陈路的名字。后来，在省上召开的技术比武中，陈公扎实的技术表现勇夺"技术能手"称号，给局里和段上争了光。年底先进工作者毫无悬念地给了陈公。

　　当然，荣誉证上是陈路二字，这一切，陈公都不计较，毕竟替弟弟干活，自己也拿着报酬。

　　不久，陈路因赌博被抓了，公安局来单位调查才让陈氏兄弟顶包的实情大白于天下。领导同事都非常吃惊，按照规定，局里开除了陈路。

　　可陈公的为人和工作成绩却让大家难以割舍，段上多方做工作，在征求意见后，公路局和陈公签了用工协议，陈公这个种菜农民很体面地成了一名事业单位正式职工。

　　正式工陈公在工作中更加卖力，完成工作任务后，闲余时间到大棚侍弄蔬菜当老板，还免费给段和道班食堂提供蔬菜，得到大伙赞许。半年后，公路局考察干部，在大家极力推荐下，陈公当上了公路段副段长，成了一名中层干部。

　　此时，在给监牢里送东西的路上，老陈还是想不通，自己当初没有让陈公顶岗的决定究竟是对还是错。

贾脱的秘密

在外混迹数年，不见踪影的贾脱回来了。

发达后的贾脱一改往日的邋遢形象，身着中式唐装，手执凉扇，口吐莲花，递烟问话，彬彬有礼，村人都认为当年的"贾浪子"回头了。

回村后的贾脱提着大包小包进了村长家……

几天后，村长宣布村口的古庙连同周边的垃圾都由贾脱承包，原因一是贾脱双亲早已不在，孤独一人，村里有照顾的义务；二是贾脱自此改掉了以前小偷小摸的恶习；三是贾脱每年上缴村里五千元承包费；四是村中积了多年的垃圾堆从此有人出面清运走了。总之，理由充分得不由你不同意。

村里人聚在一堆时都闲聊起此事。村口古庙早已断了香火，周围垃圾堆成山，臭气熏天，成了全村的老大难。虽说本村属城郊村范围，可距市中心里程至少也有二十公里，远不远近不近的距离让村里很难发展。

再说贾脱，父母双亡，当年在村里吃百家饭，无人约束，小偷小摸，牵猫逗狗，让全村烦恼。现在回来既要求承包古庙，又给村上交钱，还清运垃圾，让人摸不着头脑。

"拿啥赚钱，这娃不会是脑子有毛病了吧？"贾脱一个远房族叔感慨。

一周后，庙周边垃圾被清理一空，周边还煞有介事地栽上了一圈松树和冬青，用白灰画上十几个停车位，贾脱他二舅坐在"停车十元"的牌子下笑嘻嘻的，脸上的褶子快淹没了眼睛。古庙内刷新一番，香烟袅袅，庙正中端坐一尊叫不上名的神像。墙上几面"妙手回春""在世华佗"等镶金边的锦旗，送旗人和单位远得让人在地球上都找不到。

在村人的惊奇中，停车场开始有了两三辆乌黑锃亮的小轿车停下来。几个大腹便便的人匆匆下车，在古庙里待了数十分钟后又匆匆而去，留下一阵尘土在庙前飞扬。

接下来的一周内，一月内，停车场上的小轿车开始多了起来。停车场停不下，有的索性就停在村道上。收停车费的贾脱他二舅一边忙着收停车费，一边在小纸片上画着数字，然后发给来人来车，按号排队进古庙。停车排队的长度不断增加，排队的人长时间的停留，肚子饿了、口渴了就得在村上的商店买面包买小食品买水买饮料。这时就有几个脑筋灵光的村民在自家院前平整土地，支起摊子卖水，卖菜夹馍、肉夹馍、凉皮、馄饨等，连村口的孤寡老人薛老汉都用秸秆圈起一截墙，加个盖子，挖个坑，门前挂个牌子——入厕一元，坐在门口做起了生意，而且见天就能挣个百十来元。

醒过神来的村民们纷纷效仿，支起摊子赚钱，全村仿佛每年六月中的庙会一样热闹。村民们个个赚得盆满钵满，自然大家都喜笑颜开，家家上空飘扬着满足的气息和高兴的笑声。至于这些车这些人到古庙找贾脱干啥做啥都不得而知，也不想去了解，只要有钱赚就行。

总之，这样的好光景一直在村子延续。在村里办一些诸如修路、盖学校等善事公益事情的时候，村民们也表现出了前所未有的大方，村长少了许多口舌。村上还因为小生意红红火火，带动了周边的生意人都来村里租地租房摆摊设点，给村上缴管理费，村集体收入创历史新高。

村民笑着，村长笑着，贾脱他二舅笑着，贾脱肯定也笑着，坐车来乘车去的胖子瘦子男人女人们也在为不知名的原因笑着。

又是一年的某个大雨天，难得有空闲的贾脱终于又坐到了村长家里喝酒吃饭，原因是合同租期到了，贾脱再忙也得来签字续约。另一方面也是因为贾脱给全村致富带来商机，村长准备好好感谢他。重要的是作为一村领袖要和贾脱探讨全村进一步致富的妙计，说白了就是想探探底——古庙的底，省得这小子在做什么违法违纪的事情给全村人带灾，这个当然也是全村人一直迷糊的地方。

酒足饭饱，脸红脖子粗的贾脱经不住村长的一通吹捧溜拍，眯着双眼道："村长叔，只要你免了我每年五千元的古庙租赁费，就告诉你独门秘方。"

"你还有秘密？老农民一个还会看病？哄鬼去吧。"村长舍不得五千元的租金，又想留住这个财神，就想激一激贾脱。

"人哪有那么好骗？可就是有那些大官大款们甘愿上门给咱送钱，不也给你和大家送钱吗？"贾脱指着村长说。

"这也是。"村长说，"告诉叔，你那秘方究竟是什么？"

"你保证不外传？"贾脱红着双眼，好像骄傲的兔子。

"谁传出去谁就是王八生的。"村长酒后也有些发蒙，信誓旦旦。

"啥秘方，我的名片上印的是中南海退役保健师，曾为某某当过私人保健医生，名片备注只发至地市级以上，而且还有编号，嘿嘿。当然，我还有一味药，是平常不过的当归枸杞炮制的，既不治病，却也不害人呀。你想想，来的人掏钱既享受了国家领导人的待遇，说不定还想从咱嘴里套出几个上边的内幕，然后那啥……哈哈，哈哈。"

贾脱说得唾沫星乱溅，回头一看，村长早就趴在桌子上打起了雷鸣般的鼾。

"唉，一辈子只能当村长。"贾脱感慨道。

国 庆 快 乐

今年的中秋和国庆相连，八天的长假让郑坦兴奋不已，准备利用难得的假期好好出去逛逛。可节前几天的电话、短信、微信甚至邮箱里的邮件一下子让郑坦没了心情。

"三弟，哥国庆当天结婚，你可要提前来，有任务给你。"不容分说，大学宿舍老大的电话。

"老六，十月一日咱要告别单身生活了，喜酒摆在新希望大酒店。届时老同学们都要过来，顺便聚聚。"也是二话不说就挂了电话，高中的死党语气强硬。

"小郑，你永平弟弟十月二日在国泰酒店举行婚礼，你这当哥的可一定要参加呀。"对门刘伯的电话倒是客气。

手机短信里姑父小侄子结婚、三舅姥爷孙女出嫁……几天时间，郑坦接了五个电话，收了三条短信，还有几封电子邮件没有勇气去看。大家好像都怕被拒绝似的，一接通就开门见山，三言两语直奔主题，不容你有思考和回绝的余地。

更有单位平时见你头都不抬一下的几位老科长、老同事也要给儿女办喜事，给内孙外孙过满月，这些人精们提前一周把烫金的喜帖坦然放在郑坦办公桌上。管组织管人事的，管财务管计划的，管后勤福利的，都与自己今后的发展息息相关，能不去吗。老同事马上离岗，如果怠慢会给别人留下不尊重老同志的印象。

这八个推不掉的婚礼邀请并不显得你本人有多金贵，只要礼金、红包到了就可。婚宴上的寒暄吵闹会把桌子上的佳肴比下去的，吃不吃无所谓。郑坦琢磨着，按每家三百元，得，两千四出去了。上班不到一年，每月三千元工资不到，看来只剩下付房租和吃泡面的支出了。

为了躲避吵闹和喝酒，不太喜欢应酬的郑坦索性不去参加所有婚宴，礼金可必须捎到，同学的婚礼同学捎，同事家的喜事同事捎。然后关上手机，蹲在房子电脑前看大片，吃饭到楼下小吃城解决。好不容易熬到了十月六日，假期还余两天时间，眼发干，头发麻，腰腿发酸的郑坦实在在家待不下去了，方才下楼，坐上出城的公交想去城外转转，放松一下疲乏的身心。

登高望远，城郊的绿色还未褪尽，初秋的风拂在脸上，在暖阳下照照，凉凉爽爽，舒服极了。

一个上午登帝陵，拍石榴，逛果园，信马由缰在北塬的广阔天地里。呼吸新鲜空气，极目远眺"东方金字塔群"的壮美，直到饥肠辘辘后才在路边找到一家农家乐，准备吃碗凉皮回家。

如今上面纪律严明，大酒店胡吃海喝的人少了，节日期间的农家乐却和早前城里酒店饭馆一样人满为患，小小的农家院内摆满了桌子。看来没希望了，郑坦准备回头离开时，肩膀被人拍了一下，回身一看，

"秦副经理好。"郑坦急忙问候。

"小郑，你看看，为了避免大家为难，小孙子今天的满月酒专门选了城外，想和家里人聚聚庆祝一下，可你还是找来了，让我这个老头不好意思呀。"秦副经理热情地自责着。

"我……"郑坦在迟疑和惊讶中，已被秦副经理推到屋里。嗬，满满四大桌，公司几个久经考验的"老战士们"都在这里凑热闹，个个喝得脸红眼睛圆脖子粗舌头直。郑坦很快就被左拉右推地按倒在桌子边，迅速被热情地灌了几杯酒。

晕晕乎乎中，身上仅剩的三百元早就被几个同事"友好"地搜出来，塞到秦夫人"凑巧"抱过来的孙子襁褓里。小宝贝黑溜溜的眼睛盯着这个无奈和有些摇晃的叔叔，咧开小嘴笑得很甜，在座的都推搡说孩子和小郑有缘，又是一通灌酒。

晚上回到家里，摸着口袋里仅剩下的八元零钞，回想这个"快乐"的国庆，郑坦瘫倒在床上，不省人事。

调 研 报 告

局里最近又搞了一次下基层调研活动，这是市里每年都要安排的，轻车熟路。办公室几个写手摘摘抄抄、编编画画一下午，安排细致、责任明确、考核严格的调研工作方案印发到了机关科室。

动力科强科长接到文件时，嘴里那口新茶还没有下咽，只因新的明前茶味道太香了，在香茗和八股文件之前，显然前者更重要。匆匆几眼，强科长就把文件扔到桌边的一沓文件资料上面，对科室的几个下属说："有机会下去转转。"

转转可以，关键是回来要有调研报告、日志和征求意见表等一系列后续工作。老贾、小应、小傅三个，一改往日有工作往前凑的精神，怕这份调研文件和老虎一样，找上自己。

就这样，文件在三个办公桌的中间落寞孤寂，落上灰尘，很快被其他文件材料报纸压在了下面。大家忙来忙去，自己科里的本职工作勉强应对着，哪有心思做这些虚虚实实的调研工作。

按照强科长的工作经验，没有人催，就说明工作要求不重要。那怎么办？走您。

不知不觉中，三个多月过去了，局长召集中层干部会议，要求各科汇报调研情况。其他科长们在会上都大张旗鼓、煞有介事地说着谈着自己栉风沐雨、深入一线的调研经历，生怕做过的事被局长忽略。快要轮到动力科的时候，下班时间到了，强科长满头汗差点要顺裤腿流下来。下午刚好局长要去市里开会，强科长又逃过了一劫。

可补救工作必须做。强科长当然不是一般人，分别将三个下属召集过来，面授机宜："调研材料、调研日志、征求意见表每人一样，不管如何加工，明天上班前完成，而且质量要高，内容要实，格式要全，力争超过其他科室。"说完，强科长就又和那杯香茶杠上了。

三个科员无奈地拿着任务开始忙活。调研日志省事一些，被小应抢到手。小应按每周七天，一天一页，凭借谈过三个女朋友的经验，不到一小时，极扎实的调研日志就完成了。征求意见表当然是小傅的了，谁叫人家是女人呢，男让女是规则。

心思细巧的小傅到几个好姐妹的科室转了一圈儿，回来后，征求意见表上不同字体、不同声音满满当当，意见个个直接，一针见血。

老贾是老大哥，资历深，写调研报告责无旁贷。经验丰富，身经百战的老贾当然不会怵，点开网络，东剪西贴，前拼后凑，三两个小时后，一篇十多页的调研报告重重地搁到了科长的桌子上。

强科长对下属们的高效率非常满意，飞快扫描了大家的工作成果后，就装进文件袋让小应送到了办公室。

几天后，强科长被局长找去了，一阵痛批："好你个强人头，弄虚做假，你调研的结果就是这一堆废话。职工对住房条件不满意，年初才分的福利房你没住吗？基层同志说福利待遇太差，哪个节假日你没有往家搬东西？基层同志说火力发电污染大，建议更新发电新工艺，咱们一个土地局，哪个基层单位在发电？还有……"

局长的指责似颗颗炮弹砸了过来，精明的强科长立即明白了怎么回事。此时的强科长立马换了刚才的笑脸，从思想认识到灵魂深处到个人素质进行深刻的自我批评，言之苟责，情之恳切，只见眼泪在眼眶打转，就要落了下来，还差点连祖宗以上的事都要强调，并向局长保证立即整改。面对这样诚恳认错的下属，局长早就习惯，可又无可奈何，不耐烦地挥挥手，让他出去，并把工会杨主席喊来，强科长这才惶惶逃了出来。

强科长知道，工会办老杨也没有搞调研，前两天才疗养回来，哪有时间下去调研，只好和自己一样，临时找了一篇调研报告凑数。信息科刘科长好像也是这样，还有……原来不只自己如此，哈哈，想着老杨那几个家伙也会被局长痛声臭批的场景，强科长突然豁然开朗，心情好了许多，气也顺了。

另外，看我回去怎样收拾那三个家伙，这月准备开启的小金库还是算了吧，强科长想。

美丽的误会

　　育才中学初三语文老师甄檀是个谨小慎微的人,工作兢兢业业,任劳任怨,所带过的班级和学科总是成绩优秀。即便如此,他还是努力工作,生怕落在别人后边。

　　最近学校正在开展学习洋思教学法活动,主要内容是改变以往填鸭式教学模式,重点发挥学生的课堂主动性。为了督促教师们对课改新教法的贯彻落实,学校在会上宣布要进行明察暗访,对不执行新教法的老师进行末位排名,并与学末考核挂钩。

　　因为考核和工资奖金相关,真金白银的考量让全校老师都不敢有丝毫懈怠。

　　这天上午最后两节是初三(2)班的作文课,按照教案,甄檀利用一节课讲解了上周的作文,还让几位同学朗读了自己的文章,课堂效果非常好。最后一节,甄檀把已经拟好的题目写在黑板上,和学生沟通后就让他们开始构思新的作文。

　　本来课堂很安静,问题就出现在休息的五分钟。自己坐到最后一排的空座位上,刚想缓解一下,无意中抬头,忽然发现窗口有个身影晃了下又离开了。

　　好像是马校长,这一反应让甄檀浑身打了个激灵,甄檀向靠窗的学生求证了一下,结果确定就是马校长在窗外待了一会儿。

　　这可咋办呀?校长有随机检查课堂的习惯,甄檀想,如果马校长看到课堂如此安静,还以为自己没有上课呢。

　　最近的洋思教学法就是发挥学生主动性,使课堂活泼起来,自己的课堂却没有学生发言的景象。甄檀又琢磨着,万一马校长以为我在与学校的政策唱对台戏呢,那就糟了。

　　如果马校长在学期末考核时把自己的表现和考核挂了钩,如果考核结果排在了末位,如果……反正甄檀考虑了无数个糟糕的如果，做了数个假设，后来都不知道何时下课了，如何走出教室的，头蒙了半天。

午饭时，甄檀还在考虑校长对自己的看法，胡乱泡了包方便面对付了一顿。

经过几次思想斗争后，他最后决定向校长解释一下，消除这个可怕的误会。

下午去了三次办公室，也没见校长人影，隔壁校办的小白告诉他校长去教育局开会了，可能还有观摩，需要三天。纠结的心再次被压了下来。

这三天甄檀都不知道是如何熬过来的，第四天课后去找校长，迎面走过来的校长似乎没有听到甄檀急切地招呼，只微微点了一下头就走开了。下午又在会议室待了一下午，小白说学校几位领导开会，研究迎接上级教学检查的事情，甄檀的解释没有机会实现。

后来有几次，校长和甄檀擦身而过，头都未抬一下。这简直就是个打击。看来校长已经对自己没有像以前那么看重了，以后都不知道有多么麻烦。带着这样的心情，要强而又谨慎的甄檀被自己的焦虑折磨了一段时间后，终于病倒了，在医院检查治疗，服了几百元的药也不见疗效，医生们没有了对策，只好要求他住院观察。

校办的小白来探望时，甄檀辗转反侧几个回合后，淡淡地询问马校长是否对自己有成见。

小白很诧异，说："不会呀，校长最近正在忙着迎接上级检查，还要安排学终考试，哪有那心思。昨天送走检查组后学校开了总结会，马校长还提名你为今年的优秀教师呢，会后第一时间就是校长让我代表学校和她本人来看望你的。"

听完这些，甄檀沉重的脑袋立即轻快了一大半，看来，是自己误会校长了。

机　　遇

　　醋平高考失利后，不想再去复读，就来到了表叔当大厨的金洲大酒店帮忙。啥手艺没有，人又土气，当不了服务员、厨师，更干不了领班、主管之类的鲜亮差事，表叔只好让他在手下打杂，买菜、拖地、洗盘子等。

　　热爱画画的醋平有时心里会责怪父母，为啥取个别扭的名字，姓醋也就罢了，偏偏名平，平凡平庸，醋平就是醋瓶。后厨的这些个家伙闲了老拿自己开玩笑，连表叔有时也不例外地戏谑几句。醋平只有忍气吞声的份，谁让自己不争气。

　　这天，照例去菜市场拉菜，回来时路过一民间实景设计展览现场，看看时间还早，醋平就把车子锁在展览台旁边，随人流进去参观。许多奇思妙想的设计吸引着小伙子的眼球，一个一个展台不落地观看，一个设计接一个设计地推敲，直到手机在口袋震得腿发抖，才发现错过时间了。

　　出了展馆后，发现自己装菜的三轮车不知被谁推到了舞台中央，主持人还对着观众指指点点说着什么。

　　坏了，车子影响人家展览了。醋平焦急地跳上台子，满脸通红地向主持人解释："不好意思，这是我的车子，影响了你们，马上推走，酒店还要急着用。"

　　"等一下，先生。"主持人礼貌地拦下了醋平。不会赔钱吧，这下可能要出麻烦了，醋平心里揣摩。主持人再次确认车子的主人后，不但没有责怪，还带着台下的观众鼓起掌来，这更让醋平丈二和尚摸不着头脑。

　　"我们的获奖者太投入了，至今还陷入自己高超的行为艺术不能自拔，真是太有才华了。"只听主持人大声说，"请问先生贵姓，我们发奖登记需要真名呀。"主持人笑眯眯地问。望着舞台下观众热切期盼的眼神，怕送菜晚了挨批的醋平着急地抓耳挠腮，想走又不能走，不走又心不甘，说起话来就有点结巴。

"我，我姓醋，叫醋平……"

醋瓶？主持人疑惑是不是听错了，在确认后才向大家宣布获奖者是这位醋平先生。

醋瓶醋瓶，台下观众轰地大笑一片。主持人还在赞美："我们的获奖者真是将艺术生活化，生活艺术化了，连名字也这么有创意。醋平好，有味道有内涵。"现场再次掌声响起。

在醋平尴尬得手足无处放的时候，一位头发半灰半白的中年人上台宣读获奖词。他指着醋平的三轮车和菜，激动地说："醋平先生的作品，形象地展现了生活在都市丛林里的拥挤。作者以大师化的手法，用蔬菜瓜果的简单堆积聚居，并悬在尺寸狭小的车厢里，冬瓜南瓜之下的青椒，整袋红萝卜安详地注视露了半个身子的土豆菜花，西蓝花澎湃的发型……这就是生活的实质，这就是艺术的创造，这就是……"反正在中年人激情澎湃的几个这就是之后，醋平终于听到结果，"经大赛评委会一致评选，醋平先生的作品，暂定名为《三轮车里的生态》为本届民间实景设计大赛金奖。"

迷迷糊糊中，醋平接过了中年人递到手中的证书、奖杯和一张支票，接受了台子底下数个照相机和摄像机的"进攻"。镁光灯的耀眼袭击，差点把手中的奖杯惊掉在地上。

迷迷瞪瞪着急地骑着菜车回到酒店，被表叔一顿教训，因为迟到差点影响了酒店上午预定的婚宴。

几天平静的日子走得很慢。

一周后的餐前例会，醋平知道自己闯祸了，这份来之不易的工作是保不住了。担心干了三个多月的工资是否能拿得回来，丢工作后父亲扬起的拳头，后厨家伙们的讥笑，担心像潮水一般涌来，淹没了蹲在角落低头伤心的醋平。

"谢谢，太感谢了。"不知啥时间酒店气质脱俗的老总已经握住醋平的手，直呼"人才呀人才，咱们酒店差点就埋没了一位设计大师，惭愧惭愧"，醋平知道阴差阳错得奖的事被捅出去了。正想解释，在众人的面前，老总宣布："醋平正式被聘为酒店形象设计顾问，并一次奖励现金5万元。"

"什么？"醋平在大伙的掌声和簇拥中，第二次迷迷瞪瞪接受了老总的拥抱和一个厚厚的信封。

在后厨那些家伙羡慕嫉妒恨的目光里，表叔告诉了实情。原来获奖后，市内几家媒体记者尾随找到了醋平所在酒店，强烈要求采访"设计大师"，正在忙婚宴的后厨是不能接待记者的，只好采访了酒店老总。聪明的老总在摄像机和话筒前，侃侃而谈酒店对醋平这样人才的重视、考核、培养等等，并顺带介绍了酒店经营特色。

接下来的几天时间，因为媒体的宣传报道，酒店名声大震，食客满屋，大家都冲着"设计大师"的名号来品尝特色菜肴，酒店生意异常火爆。

明白了缘由，短短一周经历了大起大落的醋平，站直了身体，眼瞳里有了光亮。他握着表叔和大家的手，客气而威严地说："感谢大家关心支持，有事请到办公室找我。"

说完，甩甩发梢那几缕被汗水打湿的头发，踱进酒店大堂。

裁　员

吉米经营一家房地产代销公司。

公司是吉米十年前辞掉公职，在商海打拼搏击，经历了腥风血雨积累起来的心血。有了受苦受累、品尝艰辛的过程，吉米对公司比较上心，对在公司上班的近百号员工也特别优待，总觉得大家谋份生计不容易。

员工们也非常感激老板的丰厚薪水和优良待遇，拼着劲跟老板跑市场，抢订单，做业务，提高公司利润。

人心里的欲望永远像扑向岸边的浪花一样，总有溅出堤坝的时候。如此几年，员工们的收入高了，眼光高了，心气更高了。就有一些人开起小差，利用公司的客源开始建自己的人脉圈子，跑单帮、比吃穿、挣外快。销售部的几个女人，除过比老公、比吃穿、比首饰外，竟然一个月没跑几个订单。这段时间，恰逢东南亚金融危机，房产消费市场低迷，致使公司业绩如坐土飞机，直线下滑。

吉米是老板，最能听到自己心跳的声音。怎么办？召集几个部门经理开会，连夜商讨对策，都无计可施。几天的疲劳战下来，战果全无，还倒赔进几顿餐费。

吉米倒不是心疼这几个零花钱，关键是公司业绩一再下降，利润少得可怜，连发工资的钱都没着落，再这样下去公司面临什么前景，此刻都不敢想。

回到家里，饭不香，睡不稳，当中学老师的妻子问明情况后，说事情简单，然后炫耀自己在教育学生方面的计谋与诀窍。听得吉米如坠云雾中。

"教育学生和经营公司是两码事。"吉米反驳。

"一码事，事不同，理相通。不信的话，我支个招你试试效果。"妻子坚信自己的办法，笑着趴在老公耳边说了自己的想法，听得吉米半信半疑。

第二天，吉米立刻召开公司全体职工会议，分析公司目前现状，商讨下一步发展目标，热情却又凝重地阐述公司面临的困境，话语间竟然不时流露出消极的情绪，表现出往日从没有过的重视和紧张气氛。

会后，吉米招呼行政办安排公司全体人员会餐。

酒桌上的气氛是热烈而又融洽的，推杯换盏，吉米给在座几乎所有员工都敬了酒，当然也被回敬了不少，直到舌头发直，头发胀，两眼冒星。两个酒量较差的部门经理还被灌得钻到了桌子下面。

吉米醉酒最严重，身体失去平衡，手边的椅子都被撞倒了，椅子上的公文包拉链没拉好，文件撒了一地。

后来，吉米不知道是怎样回的家，昏昏沉沉睡了一整天。

可公司的事情一大堆，任谁也不能安心在家养身子，本来要上班的吉米却硬是被妻子强迫休息了几天。也是，反正这帮家伙也不在意公司的发展，先养好身体，健康才是最重要的。天要下雨，娘要嫁人。想开了的吉米索性和妻子上街购物，回家帮妻子整理评奖的教学论文。

两周后，等回到公司时，财务主管笑眯眯地送来了最近两周的公司报表，业务订单数较前几个月增加了三倍，利润等几大指标竟然全部飘红。行政主管也汇报最近公司员工都是全勤，一些部门和员工还主动加班加点。销售部的几个"美女"全部素颜示人，除过几个老客户业务正常外，还从竞争对手那里拉回了几个新客户……

吉米翻着报表，望着楼道员工们进进出出忙碌的身影，心里偷偷地笑了。

关上门后，拿起电话拨通："老婆，你这招真管用，我把公司准备裁员的计划文件'不小心'泄露在员工面前，酒后还'无意'谈了几个公司的裁员经历。现在金融危机，失业率奇高，我的公司工资不降福利不减，傻瓜才会不努力工作保住饭碗呢，哈哈哈哈……"

妻子的笑声传来："哈哈，你的'无意'是裁员，我的'无意'是考试，看来咱们真是阴险的一对呀，哈哈哈。"

困惑的老耿

老耿的儿子小耿交通技校毕业后，工作安排在了公路段，在生产股负责公路养护技术。

然而，老耿却是有喜有忧。

喜的是儿子大专毕业终于有了一份固定的工作，况且在自己身边，可以有个照应。忧的是小耿学业完成后放着城市里舒适行当不干，却要坚持回到这个自己奋斗了一辈子的"地球修理"行业。

这几个星期，老耿发现儿子不在凉爽宽敞的办公室坐班，一有闲时间就跑到灰尘满天的路上抢扫把，甘愿当"马路吸尘器"扫就扫吧，却一点都不踏实地左抢一下，右划一下，完全没有个劳动的样子。回到家又把老耿前几年收集的废铁倒腾出来，敲敲打打，比比画画，对老耿夫妻的牢骚充耳不闻。

伤心了的老耿觉得自己没能耐，养出的儿子也没出息。单位开会的时候，自己总是坐在最角落，尽量不和同事们说话，生怕别人笑话自己。有时拿出自己那一沓一沓的劳动模范、十佳道工、优秀党员等荣誉证书，一张一张摆在床上发呆。有时又和老伴商量，思量着不能让儿子再干这又苦又累的养路工作了，否则以后连个媳妇都找不到。

最近一个多月，老耿参加了局里的职代会，省上的表彰会。为了不想看见自己没出息的儿子窝气，本来不愿劳模外出疗养的老先进老耿索性去疗养，到南方城市呼吸呼吸新鲜空气，心里倒还舒服一些。

回来后不几天，老耿就听说儿子研制的电动清扫车上路了。带着怀疑的心理，老耿观察这清扫车还真不赖，外观漂亮，黄白相间的车身上"咸阳公路"几个橘红色字体非常醒目。车辆工作持续里程长，污染小，垃圾转运方便。关键是减少了道工上路清扫强度，大大降低了上路作业危险性。

在大家的口口相传中，短时间内，省市县各级领导和兄弟单位纷纷前来参观，小耿站在清扫车前侃侃而谈，意气风发，得到各级领导和同事的啧啧称赞。小耿因此也成了公路行业的名人，老耿也一跃成为"名人他爹"。

在别人都夸老耿有个出息的名人儿子时，"名人他爹"老耿的眼睛笑成了花。可老耿新的困惑又冒了出来：这小子发明的清扫车上路了，以后咱们这些养路工还干什么活呀？

还真让老耿说对了，没过几年，公路段给每个道班都配了改良后的电动清扫车，外观漂亮，坐在里面有小空调，操作杆和飞机一样，老耿在电视上见过。车下的特质钢刷，前面用吸盘回收公路沿线垃圾，后面的喷水口，及时喷出雾状水星，掩盖即将扬起的灰尘，洁净方便，环保低碳。开电动清扫车半个小时顶老耿一天的工作量。

我的天呀，这铁家伙还就是管用，老耿暗自惊叹。

自然，有了电动清扫车后，道班的老工人逐年退休，新进来的技校生、大专生都愿意操作这些自动玩意上路。养路工们有大量的时间可以用来学习、读书、打球下棋，提高自己的文化素质，真是神仙生活呀。

此刻，有人提醒老耿说，你儿子小耿又在捣鼓什么撒料机，说研制成功后就能在三九寒天解放养路工的双手了，那养公路的防滑保畅工作会更简单方便。

老耿其实早就不再担心儿子的"花心"了，让他折腾去吧。然后转身进了单位文化书屋，老耿最近学了书法这门和握扫把差不多的手艺，这几天正和几个文友切磋切磋，探讨艺术呢。

错　　觉

刘副教授最近心里特别烦乱，原因是系里有位新来的年轻漂亮女助教。不是强调女人有多漂亮，关键是这个年轻女人在看刘副教授时，眼神总是热热的，眸子里似乎有水一样的东西在波荡。

只有恋人之间才有的感觉，刘副教授十几年前有过此种温暖惬意。

刘副教授是教授古代文学史的，古代文人骚客的浪漫与刻骨的爱恨情仇对他来说再熟悉不过。顺着这种熟悉，年过不惑的刘副教授也曾尝试着在放学之后，手捧玫瑰跪迎买菜归来的妻子，也曾晚饭过后和妻子手挽手漫步在青年情侣抱吻的小树林，感受爱情的热度，被誉为当年校园十大浪漫事件之一而在历届师生中被广泛传颂。

所以当刘副教授对女助教的特殊眼神认真分析后，认为现在的女孩敢爱敢恨，对感情的疯狂是无法用语言形容的。假如有一份久违的婚外情来临，那么大一支丘比特之箭射向自己，是接还是不接？刘副教授的思想里开始波澜，开始煎熬，如同滚开的油炙烤已经发红的锅沿。

这几天，有了心思的刘副教授刻意避开与女助教的直接碰面。但只有三十几个人的中文系，又在一层楼上办公教学，难免抬头不见低头见。只是擦身而过或一个浅浅的微笑，但后背上明显有双炽热的明眸在徘徊，在雕刻，轻轻挠刘副教授的皮肤。

怎么办？这种事又不能和妻子直接言明，因为再开明的妻子，在守护自己终生经营的爱情和婚姻阵地的决心与手段方面，都会绝不含糊。找系里几个哥们儿更不行，那些家伙除过牌场酒场守规矩外，都是唯恐天下不乱，方显自己英雄本色的主。

　　或者，或者找女助教谈谈，刘副教授也曾想过。可万一人家坦率承认又死缠烂打，就会引火烧身。何况现在的小姑娘啥事出格就干啥，自己的老脸没地方搁不说，马上就开始的高级职称评定就是悬在头顶的一把剑，随时恭候你偏离正轨前行的车辙。

　　与其躲避，不如正面迎击，刘副教授有了想法后心情敞亮了许多。爱情或者迎接爱情的浪花冲击着已人进中年的刘副教授，总该做些什么来展现自己的心情吧。

　　当然是形象了，内心的情感表现还是要矜持和典雅，诸多追逐爱情的古典文学人物形象这会儿起了指导作用。接下来，刘副教授开始捯饬自己。

　　去理发店理了个青年光芒头，花五六十元在洗浴城搓掉了身上的思维积淀，翻箱倒柜找出结婚时穿的红豆西装，佩上五年前结婚十周年纪念日妻子送的金丝红领带，还有前段时间外出讲课获赠的水星棉纺印花白衬衣，把好久都未上脚的皮鞋用半盒鞋油擦得锃光发亮。

　　焕然一新的刘副教授在沉闷的校园里仿佛一颗巨石砸向湖面，引起领导、老师、学生，甚至是卖早点大师傅的侧目。有几次学校开会，刘副教授差点抢夺了台上院长、系主任们的光环，成了会场的主角，被围观被议论成为焦点。大家心目中那个邋里邋遢的穷学究到底与时俱进了，挺立潮头了。

　　几个牌友酒友打趣说，只有枯木逢春老树发芽才有老黄瓜刷绿漆的表象。严肃的系主任还私下把刘副教授拉到一边，神秘地问他的学术论文是否在国际期刊发表了，务必要请系里写评论，宣传宣传，别有好事自己独占，可不能忘了组织的关怀呀。刘副教授哭笑不得，含糊答应。妻子以为老刘的职称有了进展，偷偷关注丈夫的新变化也不打破，暗自准备到时老公的红本本一到手，就好好庆祝一下，夫贵妻荣嘛。

坚持忍受枷锁一样的西装领带皮鞋快两个星期了，终于有一次，刘副教授在课后被那个漂亮的女助教堵在了资料室。

该来的始终要来，我如何决断呀？

刘副教授正思索应对之策，女助教幽幽地说："刘老师真是太帅了，有现代学者的风范。此前，在我的眼中，你和我那男友去世的父亲太像了，凌乱的头发，近乎木讷的表情和佝偻的背影……现在，却一点不像了。"

随着女助教漂亮的眼睛里熄灭的火焰，刘副教授的心开始慢慢结霜。

应　聘

A大学体育馆内的招聘现场人山人海，几排招聘单位的桌前，挤满了前来应聘的男女学生。

"这几个招聘单位只发放学习资料，告示上招聘的一名业务员且已招满。"一男生说。

"一些单位只收简历，对其他要求直摇头不回答，分明是滥竽充数嘛。"另一男生接着说。

"你瞧，边上几个单位招聘有留学经历的硕士博士，英语过六级八级。这都是高精尖呀，咱们看来无缘了。"一个应聘的学生气愤地回应。

"你招硕士博士到专科学校干嘛，也许有几个副教授够格，可谁愿意放弃高校任教，到你们这名不见经传的破公司求职。"另一个女生大声斥责。

"就是就是。"大家纷纷应和着。

菱花几经努力，也送出去了几份简历，只剩下最后一份了。她不愿再随便投出去，好歹这些简历也是自己省下生活费换来的，一定要好好斟酌一下。

最后，菱花的目光聚集到了一家国企单位。招聘人是位中年妇女，和蔼可亲，有问必答，招聘条件倒和专科学校对称。只是仅招收女生，且身高、相貌包括皮肤白皙都成了招聘条件，关键是月薪五千起步，还有年终奖等等。

这个单位注定成了现场求职女生的焦点。

里三圈外三圈被围了个水泄不通，菱花在圈外犹豫着，欣赏着同学们各式各样的自我推荐招数。温文尔雅的，泼辣大方的，口无遮拦的，性感撩人的，总之浑身解数都使出来了，让周围看热闹的男生们免费观看了一次集中选美秀。

看着人家大方地表演和自我推介，农村出身的菱花只有羞涩地退居圈外，可又不忍放弃这个机会。双手紧紧握着那份简历，一语不发。

自己的条件在这堆同学里的确不出众，没有艳丽的衣衫，没有香曼的装饰，没有苹果三件套，没有侃侃而谈的口才，也就没有了敢于表现的勇气。身上这件褐红色的长外套和洗得快要发白的牛仔裤，还是表姐出嫁前送的，虽说比较合身，也能衬托出菱花婀娜的身材，可毕竟是旧的。

粉中透红的脸蛋是经常外出家教风雨奔波的结果，虽说包里的奖学金、荣誉证、三好学生证书一沓子，可前边招聘人从始至终没有看过一个人的荣誉证书，只是简单地扫一眼简历，重点从才艺表演，头发黑还是黄、是否涂指甲油，连能否喝酒、会烧菜做饭都对每位急于表现的美女进行仔细询问。

美女们还在使着吃奶的劲往前挤，可招聘人却始终微笑着不搭腔。

因为此刻，中年妇女已透过万花攒动的人缝，瞅见菱花，喊住了准备离开的美丽羞涩却又紧张的双颊变红的姑娘。听到招呼的菱花踟蹰着，被几个同学推到桌前，不抱希望地递上了简历，惴惴不安，等待招聘人的刁难。

中年妇女例外地非常仔细地翻阅了菱花的简历，又认真看了菱花包里的那沓子荣誉证书，询问了家庭和身体情况后，明确又热情地询问菱花是否愿意到国企单位工作。

这让周围的众花顿时哗然，有些人已经表现出愤怒，狠狠地盯着这个"天外来客"，可大好机会就是让这个名不见经传的农村女孩碰上了。

激动万分的菱花此时一片混乱，想着三年的辛苦求学，家里父母期盼的眼神，迎接自己即将美好的生活……这些思绪一起涌进大脑。

这样的机会任谁也不会拱手让走，菱花想。

正准备欣然答应的时候，不知啥时间挤进来的同班同学强子却急切地询问菱花是否找到单位，还人来疯似的，热情地向招聘的中年妇女推荐菱花，说她学习如何好，人如何善良，动手能力如何强，好像熟悉的在推荐自己一样。

听完强子的滔滔不绝和近乎演讲的推荐后，中年妇女狐疑地问："你是谁？是她男朋友吗？"

"这、这……"强子腾一下脸红了，菱花慌忙否认。

旁边有认识的同学却都瞎起哄，一些本已败北的竞争对手们也不甘心地搅浑水，大声肯定强子就是菱花的男朋友，有人还时间、地点、事件明确地摆出菱花和强子的热恋"轶闻"，弄得两人百口难辩。

听到这些后，中年妇女一反常态，立马停住了笑脸，递出了简历，不无惋惜地表示，菱花不符合自己单位的招聘要求。

"为什么呀？"菱花的疑问还没有说出，就被身边蜂拥而上的女同学们挤散。

强子也和菱花同时被挤了出来，遗憾地看着一位女同学和这家条件优越的国企签约后，兴高采烈地飞奔而去。

菱花看了看身边谄笑又客气的强子，愤怒又有些失望地甩甩手，转身离去。

五年后，已是某公司部门主管的强子一直被菱花用当年招聘一事谴责揶揄时，抱着可爱漂亮的妻子，强子解释说："邻居家老三就在中年妇女招聘的那家国企工作，说招聘其实是在为老总的儿子找媳妇，那儿子有先天癫痫，每天的涎水能有一缸子，你没有幸运地做一涎水清洁工，该感谢我，不是吗？"

"此刻，你的那位后继美女也许正在某个角落哭泣呢。"

菱花娇嗔地捶着丈夫温热坚实的胸膛，一声叹息。

代驾的回报

在楼道的尽头，李建用脚踢着窗台下的装饰板，郁闷地回味处长刚才的话。

"小李呀，好好工作，组织上会考虑你的要求，现在符合条件的同志太多了，提拔你，别的同志会有意见的。啊，还是再等等吧。"这已经是领导第三次说这话了。

因为行政科副科长的位子空出已经半年了，而工作十多年且各项条件符合选拔标准的李建，本不愿为这样的小官位往领导办公室跑，无奈媳妇在家那些刺激的话语，还是逼着他这个单位老先进抹掉羞涩高贵的脸皮，三次走进处长办公室，三次碰了软钉子。

无奈之下的李建想通了，谋事在人成事在天，名利二字何其艰难，与其低三下四求名，还不如抓紧时间谋利。

当官不由人，挣钱凭自己。刚好，单位属于清闲衙门，管理不严，有大量的空闲时间。李建千方百计说服媳妇，在大舅哥开的公司干起了代驾这个来钱快的第二职业。

尽管小公务员一名，属于累死都不会出名的主。可李建天生对车有好感，只不过命薄无钱购车，有时坐单位公车出差，好烟好话后才在司机手中换来一阵摸方向盘的机会。如今做了代驾，有了机会摸车，甚至好几回过了开宝马奔驰甚至保时捷等豪车名车的瘾，倒还痛快。

一日，电话响，代驾生意又来了。李建忙打的赶到酒店接待客户。

酒店门口，那个浑身散着酒气的美女随手一扬，在五星级酒店门牌霓虹灯照耀下的车钥匙，一阵亮光划过夜空，稳稳地捏在了李建手里。拉开门坐进车里，哇，宝马7系顶配，配置奢华，音响一流，座椅带加热，八速双离合，3.0T动力，好车呀。

载着客人风驰在夜幕初上的滨海大道，李建享受着豪车操控的舒适与静谧。副驾上的美女面若桃花，微醺袭人。不知名的香水幽幽地混在淡淡的酒气里，慢慢在车厢里飘散，熏得李建满鼻生香，如痴如醉，扰得李建的目光开始放肆地在美女身上巡游。瓜子脸、柳叶眉、樱红的小嘴巴被酒精刺激得香艳欲滴，略微透视镂空的衫子，一条镶钻项链挂在白皙的脖颈上，超短皮裙下黑丝袜裹着的美腿……

李建开车的心在迷离，驾驶的手有些微颤。

"他妈的，有钱人的日子就是快活，豪车、美女，肯定还有豪宅。"想着自己的窘迫，李建狠狠地骂道。

幸福总是短暂的，半个小时后，美女车主的别墅到了。哇，三层楼台，大院子，那扇镶满金边泡钉的大门掩映在翠柏后，一条白石子铺就的小路蜿蜒伸到楼前。透过窗户，屋内墙上的油画《吉普赛少女》正袒胸露乳地向着窗外，差点刺了李建的眼。

按工作惯例和客户要求，李建首先按响三声喇叭，才打开侧门，扶着美女走上台阶，摁响门铃。

门开了，男主人急切的脚步、兴奋的声音随着灯光一块传过来："宝贝，下午开会，耽搁了你的饭局……"当把客人交到男主人手中时，男主人愣住了，"处长！"李建的嘴张得老大。

短暂地窒息后，李建立刻反应过来，忙礼节性地递上用户意见单和签字笔，还有不忍放手的宝马钥匙，说："先生，客人已安全送到，请您在用户意见单上签字，付款。"

"啊，好，好好。"男主人马上堆起尴尬的笑容，签单付钱后，搀扶着已经站不稳的美女上了台阶，迅速关上了别墅的门。

回来后的几天，代驾公司活少，李建也不愿在单位多待，大多时间窝在家里看电视打发日子，惹得媳妇一阵数落。管她呢，媳妇刀子嘴总比在单位看到那张熟悉讨厌又紧张堆笑的脸强得多。

　　李建也在等待着一个结果。

　　处里也会有个结果的，他坚信。

　　一周后，单位召开职工大会，议题是选拔中层干部。李建被处领导大力推荐为行政科副科长人选，括弧里是主持工作。那个被调整到其他部门当主任科员的科长正坐在会场角落，递过来的眼光如匕首一样，差点能杀了李建。

　　处长祝贺时，握着李建的手非常热情，非常有力。

名片的力量

　　我记不清自己名片上的头衔有多少个，反正从省上到市县的都有。一些部门行业的名号，已不足以登进我这张香气袭人、设计精美、金光闪闪的名片。

　　当然，这些都是我身边身材高挑、蜂腰翘臀、泼辣能干的女秘书的功劳。

　　有了这些不知能有多大作用的头衔，反正只要掏了钱，我就心安理得地顶着出去风光。

　　我的生活和工作也在拥有了这些头衔后开始起了新的变化。辛辛苦苦白手起家的公司，大量的日常经营和管理不再是工作重点，也不需要我亲自操心操劳，由能嗲人的女秘书全权负责，只需向我随时汇报处理结果就行，除了知道自己公司每天的进项、出项和总资本即可。

　　剩下的时间可要比经营公司忙多了。要出席某公司开业盛典，我是该公司名誉董事。要参加某协会慈善晚宴，我是该协会常务理事。要召开政协会议，我是县政协常委。要视察市县重点工程，我是人大代表。要为上不起学的大学新生送红包，我是市青年企业家协会副会长。要给刚落成的郊区敬老院开业剪彩，我是县民政爱心大使。

　　有时我还会出席要开几天的省市两会，阅读文件，举手表决和省市领导握手合影。当然这些装帧精美的合影都被我无限放大挂在公司办公楼大厅，供人瞻仰，供竞争对手羡慕嫉妒恨。以上的这些工作事务都是在镁光灯、掌声、鲜花、笑脸和报纸头条中进行的。

　　我在慢慢地适应，适应镁光灯带来的眩晕，适应掌声响起的血脉暴突，适应鲜花后的浓香，适应笑脸相迎的舒坦自得，以及在报纸头条欣赏自己形象的得意。"高富帅"不就是给我这样的人起的绰号吗。哈哈，尽管我不太高，不太英俊，甚至有些丑陋。

只有晚上，我举着杯中的红酒，摸着怀里风骚的女秘书肉肉的大腿和饱满的胸脯时，才会清醒地问："宝贝，今天公司又有多少钱被划走了？"而每每这时候，女秘书总会拥紧我的身体，香气吹向耳根，把手放在令人兴奋的地方，嗲声嗲气地说："亲爱的，钱财都是身外之物，用钱给你买来了名气、利益，你是否感觉到比当官梦寐以求的自由享受。比商人终身向往的舒心惬意。你现在不只是我们公司的老总，领导的老总，更是我的老总，我身体的老总。"说着，那娇媚的红唇凑了上来。真受不了这小妮子，"只要有钱有权有名有利又有你这个宝贝，还怕啥。"我主动迎了上去。

这些美好又令人纸醉金迷的日子在继续进行当中。

公司账面上的数字却与无限上升的风头成了反比，不断萎缩。尽管手机银行的短信不断提醒我，可每天晚上女秘书的娇喘，似乎比这嘀嘀的声音入耳许多，哪顾得上再细细询问。

好景不长，我发现收到的请柬越来越少，参加的活动不断减少，镜头前露面的机会也是一周半个月才来一次，市县领导见到我的热情和笑脸大不如前。

会不会出啥问题？这些不正常的现象刺激着我。

终于，我来到公司，推开办公室的大门。宽大的老板桌后，正襟危坐着我的女人，不，不，是我的女秘书。

"快下来，这是你坐的地方吗？"我责怪道。

"我不坐谁坐，你个傻大头。"女秘书扔过来两张名片，一张是我以前烫金精美缀满头衔的名片，当中的名字却换成了女秘书。另一张普通的名片倒是我的，上面的头衔却只有公司的荣誉总裁。

"不对，这个公司可是我的呀。"我失声大喊。

"忘了告诉你了，现在这家公司属于我了，你这个胖胖的臭男人。"女秘书变脸道。

瞅着正得意洋洋、满脸怒气的女秘书，我眼前一黑，倒在了地上。

鸳 鸯 店

　　自从买车以后，外出方便多了，生活半径无限扩大。可自由畅快地旅行之后，一个麻烦事情摆在面前，就是洗车。

　　春夏时节气温高，自己动手擦洗爱车，既省了银子又锻炼了身体。秋冬天气寒冷异常，手都不愿往外拿，哪还有心思冻手冻脚自己洗车。没办法，只好在小区外的洗车店洗。

　　小区门外有两家洗车美容店。

　　靠近大门的这家店面，门面简陋，几个盛水大桶，一台大功率洗车机，门口散乱地摆着几块抹布和一台吸尘器。两个不知是店长还是伙计的年轻人坐在店内悠闲地嗑着瓜子，顾客上门爱理不理，洗车时马虎大意，不太认真细致，许多边边角角的地方。总要让车主动手擦洗，顾客怨声载道。凡到此洗车的车主，不是有急事就是怕在别的店里等候时间太长麻烦，可经历一次后往往不再回头，这家店的生意注定都是一锤子买卖。

　　隔着几间门面不远的另外一家洗车店，进开三间，门楣光亮气派，店名"唯你爱车生活美容店"。嗬，有新意，够贴心。店内装潢考究，一间洗车房内，洗车设备一应俱全，光洗车的瓶瓶罐罐就摆满了两层货架，其他的诸如打蜡的、抛光的、封釉的、贴膜的、护理内饰的、清理划痕的，方盒子、竖瓶子、立罐子、圆筒子，上面中文、英文、法文、德文、印度文等等让人眼花缭乱。洗车毛巾、拖布整齐划一地挂在有烘干机的晾杆上，吸尘设备分区明显，功能全面。一间经营汽车装饰用品，坐垫座套、香水挂件、导航电子狗、车贴抱枕等等，陈列在五个展架上，明码标价，一目了然。再往里一间是休息室，当中大LED电视、靠墙大音响，一张环绕沙发，几排书架上摆着最新的汽车杂志和当天报纸，纯净水、矿泉水，纸杯茶叶，任顾客取用。

几个小伙子店员统一着装，全部理成平头。无客人时规规矩矩站在门口，客人上门，男的叫哥，女的呼姐，请你坐进休息室，茶水送上。冬天暖气热得如同小伙子们的脸，夏天空调舒服的。赛过小伙子们的嘴。

在舒缓的音乐中抽本杂志，悠闲地翻阅，沉浸其中，多么舒坦惬意。不知不觉中已有店员把车钥匙交到你手中，原来工作完毕，锃亮泛光的爱车已经等在门外，内外焕然一新，脚垫上铺着干净的垫纸。

尽管这家店比临近的尤其是隔壁的洗车店贵十元，可凭人家的热情礼貌，凭人家的舒适环境，凭人家的服务质量，值，真值。所以办卡的车主络绎不绝，就我们小区4000多住户，800余辆小车，据我观察，百分之七十的车都在这家店办了洗车卡。可想而知，店里的生意有多么火爆。

往往在周末或者雨雪天气后，门外排成长长的洗车队伍，豪车名车、国产进口、轿车越野、红黄灰白蓝，成为小区前的一道靓丽风景。

一位年轻漂亮的女孩每隔三两天就把自己的粉色甲壳虫往店里一放，然后去逛街，下午回来，钥匙一拿开走爱车，问起答曰："姐们买的就是舒心。"

洗过几次车后，就问年轻的店员："为啥隔壁的生意这么差，还在那儿硬撑着，分明比不过你们。"小伙子们幽幽地说："一个人一种活法，一家店一种做法，也许人家不差钱。"

的确，看着这家门庭若市，隔壁门可罗雀，但嗑瓜子的两个小伙子依然悠闲，依然不着急，有时聊得兴起还得意地哈哈大笑。一豪爽哥们戏谑道："这俩二货如果能做好生意，我就倒着走。"

可就这一冷一热的场面在两家洗车店上演着，有时有人实在等不及也会把车开过来在二货兄弟店里洗一次，终究比自己在大冬天寒风中受罪强。

后来，遇见一熟人朋友，聊天时说到此事。朋友笑道："难道你不知道吗？你说的那俩二货是我的一个远房亲戚，两家店人家都是老板，这叫对比效应。听说人家这种鸳鸯店在市里开了不下十家，家家生意火爆，每年的收入上百万……"

鸳鸯店，鸳鸯店，太有意思了。

明天我一定把这招传授给内弟，他的小吃店最近生意可不是很好呀。

性情时段 第三辑

出门前的老秦，梳洗穿戴整齐，在沙发上坐了半天，才想起自己已经下来了，专车司机被自己高调地退回了单位。

走出大院，迎面碰上了小吴媳妇，咦，和自己打招呼并没有以前热情，似乎还有点尴尬，不就是小吴没有提成正科吗？嘴上原因是条件不成熟，其实是小吴送来的礼盒里，那几条名牌香烟早过期了，这不糊弄老头吗？这哪行呢？

撞出的人缘

老秦下来了，准确地说是从一家有地位有实权的单位重要岗位上退居二线了。

经过两个多月的不适应、落寞的蛰伏期后，抵不住老伴的劝导，老秦终于走出了家门，准备开始退下来后的健康计划。

由于在位子时，把大量的时间花在开会、签字、拍板上，把大把的精力浪费在酒局、牌局、考察上，没有学会一件能沾手的爱好。曾经有人送过宝剑，价值不菲，却只能束之高阁，贵重的让人掂在手中都怕损坏，哪还能舞起来健身。字画古董倒是在地下室堆了不少，老秦却对笔墨外行得厉害。只能练练嗓子，凭着在KTV练就的男高音，也许还能打发一段时间。

出门前的老秦，梳洗穿戴整齐，在沙发上坐了半天，才想起自己已经下来了，专车司机被自己高调地退回了单位。

走出大院，迎面碰上了小吴媳妇，咦，和自己打招呼并没有以前热情，似乎还有点尴尬，不就是小吴没有提成正科吗？嘴上原因是条件不成熟，其实是小吴送来的礼盒里，那几条名牌香烟早过期了，这不糊弄老头吗？这哪行呢？

想着想着，在从院子到河畔花园的五百米不到的路程中，老秦先后碰到了六个人。两个见到自己瞬间拐进旁边的小巷。三个有说有笑本来迎面走过来的旧同事，却像商量好了似的忽然站在一起停下开始聊起了天气，装着没看见老秦。一个隔壁办公室刚上班的傻丫头，竟然热情地问老秦是否出差刚回来，说好几天没有见领导了，还一再叮嘱多休息几天再上班，真是气死人了。

在湖边转悠的四十多分钟时间内，老秦先后光顾了旧友同事参与的秦腔圈、太极拳圈、健身操圈，昔日见到自己低头哈腰，笑容满面的老伙计们仿佛变了个人似的，都离得远远的，拒人于千里之外。连以前烧锅炉的顾老头都是其中最活跃的人，自己堂堂副局长，曾经手握大权的领导竟不如一个烧锅炉的。要是放在从前，看我不收拾你，老秦琢磨着。

好不容易随一个合唱的圈子吼了几嗓子，一曲下来，发现队伍中有老秦，这些人竟不约而同地散了场子，而老秦又分明看见，假山后面他们又聚在了一起。

也真是的，老秦想想自己在位时除过市上领导，全局自己说了算，不论别人是否讨论过的事情，如果不符自己的思路，一概熄火。至于签字报销这一关，只有事前请示过自己，打过招呼的，绿灯通行。其余的，能找理由推掉就推掉，不签，谁让咱有权呢，此时不用，过期作废。每天除过早餐，吃饭的时间和地点都要根据当天的心情和喜好出席，事前又都是一个个堆满皱纹的笑脸……

如今，这些当年求过拜过自己的脸却又那么冷漠、陌生……一口气堵在胸口上不来，老秦缓缓地靠在一棵大树上，拍着胸口。想想今昔对比，真是虎落平阳被犬欺。顺势就照着树干撞了几下，谁知还怪，撞完一阵后，堵住的这口气似乎缓解了一些，再撞几下，竟然全部消失，此刻的精神明显比过前面。

原来撞树也是一种舒心健身的好办法，老秦有点不甘心地想。

从此以后，河边路过的人总能看到一个挺着肚腩的老头，在使劲地撞向河边的每棵大树。树干在撞击声中簌簌作响，树叶也打着旋飘飘洒洒，好像挺兴奋的。而且越撞越有劲，越撞老头越高兴。

一些路人认为这老人怪怪的，不会要自杀吧，上前相劝都被老秦一笑打发了。另一些路人却翻转心思认为老人在练一种武功，可能是气功吧。

在撞树的这些天里，老秦还总结出自己的一套体会和经验。对着大树撞用胸肚时力度小一些，用肩臀时力度大一点。对着小树，可伸出胳膊双手互挽，轻轻地弯腰，有横枝的，上下吊吊，就和森林里的长臂猿一样。人为啥和猿猴同宗同祖，原来都是依木而生。

两个月的时间，老秦发福的肚子明显小了许多，饭量大增。尽管吃的都是老伴熬出油的小米稀饭和点了香油的小咸菜。脸色也红润了不少，当然和酒后的红晕有显著区别。以前出现的"三高"，近期也有所下降，看来单人独练比他们的集体生活更有收获，老秦想到这里，心里美滋滋的。

老秦轻盈的步伐和快乐的笑容重新绽放，像在位时拿起签字笔，在酒桌前端起酒杯，在会上慷慨激昂，在主席台前如炬目光，感觉真好。

老秦的变化慢慢地吸引了那些独立于自己之外的老家伙们。起初，有一两个老头过来凑热闹，观察后议论几句，慢慢地理解了撞树的秘密，就垂下身子低下脸向老秦讨要撞树秘方。有人上门求教，有人送来笑脸，有人低声下气，这不又回到当年了吗？爽，下来和在台上一样有感觉，老秦大方地传授经验后回味。

后来十多个，再后来更多，老头们，甚至那些个对自己因这因那生怨气、诋毁过自己的家伙也都恢复了往日面容，都围着老秦要共同学习撞树的健身疗法，而老秦也当仁不让成为他们的老师。

就这样的日子里，在撞树前有人占好了位子，避免结实平整的树被别人抢占，有人为老秦端来了茶水杯，甚至还有递毛巾的，送马凳的，老秦的人缘倍增。

自此后，只要有人走过河畔花园，总会看见在一个矮胖老头带领下，许多老头一起，精神勃勃地撞树、吊树的队伍，在河边的夕阳中延伸……

捐　赠

最近，后勤科的老张是局里最忙的人。

起因是局里分到到对口支援的下面县里，扶持一个山村小学的任务。按照市上领导要求，扶贫帮困工作是一把手工程，各单位必须高度重视，认真落实，届时市上将进行考核。

局长把此事交给后勤科筹办，后勤科长家里岳母生病，请假照顾，任务责无旁贷地落到资深科员老张身上。科长一再叮咛，要把这件事作为后勤科目前最重要的事情来办，具体情况直接向局长汇报。

接到这桩大任务后，老张可是费了脑筋的。以往，后勤科是个闲科室，除过机关卫生、安全保卫、医疗保险经办和发劳保外，没几件大事可干。

这次的任务可得好好策划一下。老张揣想着，局是个行政机关单位，管理工作较多，如果直接把几万元给山村小学，体现不了单位形象，更主要的是不能突出领导重视扶贫帮困工作的形象。如果用几万元买一些学习、文体用品，让领导给山村小学的孩子们一送，请一批记者随行采访，到时在电视台、报纸、网站上宣传宣传，单位出名，领导光彩，那样的结果恐怕是领导最愿意看到的。况且，后勤科副科长一职空缺，借此机会拉进自己与局长的关系，展示展示能力，说不定就能得到领导的赏识，提拔一事不就有希望了吗？老张的想法和美好结果瞬间在脑海织成一张优美的蓝图。

说干就干。老张抛弃电脑游戏时间，利用一个下午，拽东扯西，还花费一包好烟请办公室的秀才们帮忙，拟就一份关于向某某小学开展捐赠活动的实施方案。

请示了局长，局长拍着老张的肩膀称赞不已，还说这是向社会奉献爱心、展示单位良好形象的大事。老张信心倍增，觉得自己必须把这件事做好，让领导满意。

领导出行，相关科室负责人必须陪同。基层单位领导得提前安排出行线路，必须在交界处迎候，算算得将近十个人。

领导出行，如果坐小轿车，显得太脱离群众，如果能有一辆豪华中巴车接送，干部群众同乘，拉近了距离，改善了关系，皆大欢喜。

领导出行，有近百公里的山路，还要走一段乡村小道，颠簸疲乏。热毛巾、矿泉水、水果，最好有西瓜，提前冰好放在车上供领导们享用。

如此重要的扶贫捐赠活动，宣传时要有声有色才行，必须邀请新闻媒体，市上电视台、电台、报社和驻市上的几家媒体都要邀请到场。这些无利不起早的家伙，还得有红包伺候。

出席活动，影响甚广，如果有刁蛮闹事的一线职工借此上访，弄得领导们下不来台就太尴尬了，所以得通知各单位高度重视维稳，切实做好安全保卫工作。

还有……老张都有点头疼了。

总之，该想到的都想到了，提前准备吧。

活动前三天，老张专门让小舅子在保险公司租借了一辆豪华中巴车，通知参会部门和基层负责人，购买领导出行的必需品。又提前把出行线路踏勘了一遍，挑了好几条线路备选。老张还亲自联系了捐赠学校校长，再三叮咛场面要热闹，以及捐赠时准备的鲜花、音响等等。

回来的路上，老张疲惫地敲敲脑袋，思索还有什么遗漏的细节。司机小王还调侃着说："大热天出远门，来回跑最好来点补助。"

对，天太热了，应该给领导们准备遮阳帽。夏天天气爱变脸，万一下雨就需要雨伞呀。老张连忙感谢小张的"歪心"提醒，庆幸自己没有出差错。

活动开始这天，参会人员按时乘坐中巴车，一路有说有笑直奔目的地。

捐赠当天的山区不知是何原因，竟然阴云密布。早上的微风到领导们下车进校门时，竟然风力加剧，成了大风，吹得校门前那棵百年垂柳嘎嘎作响，垂下来的柳枝条也夸张地东摆西摇。有人甚至还听见了远处传来的几声闷雷。

天气影响不了捐赠活动的热情，受捐学校彩旗飘扬、锣鼓喧天，学生们跑出课堂，被要求早早在校门口排成两行，手捧参差不齐的鲜花、纸花摇摆，热烈地欢迎好心领导、贵宾、叔叔阿姨们。山里的群众也被这场面和锣鼓声召唤而来，拥挤在学校门口打听今天的喜事。待听到有领导要来捐赠时，都齐声称赞。车子一到，善良的村民们都随着孩子们的喊声鼓起掌来。

走在前面的局长和其他随行领导好久没有见到这些热闹的场面，情绪受到了感染，频频向人群挥手，还不忘回头夸老张会办事。老张兴奋得都走不稳了。

主席台前，在风中，在阴云密闭下，领导们坐成一排，戴上学生们恭敬套在脖子上的红领巾。局长还在老张及时提醒下和小学生们握手，询问学习情况，并主动拥抱了那个流着鼻涕痕迹的小男孩。这场面被迅速记录进照相机里、摄像机里，当然也感动了大家，赢得一阵阵掌声。

接下来县上教育局领导讲话，小学校长致欢迎词，学生代表发言，摄影机、照相机、话筒齐齐伸向主席台忙活着，捐赠一切进展顺利。

当主持人宣布某某局向向阳希望小学捐赠爱心物品大家鼓掌欢迎时，大家傻眼了，捐赠物品在哪？

　　不会吧，穿戴整齐，群情高涨的宏大场面下，数百上千目光等待下，照相机镁光灯即将闪闪照亮山区小学时，没有准备捐赠物品！

　　这是怎么回事？看着大家如针似箭射过来的期待目光，主席台上局长涨红又变黑的脸，老张眼前一黑，倒在了地上昏死过去……

三只杯子

下了一整夜的雨，街道成了湖，车辆驶过排开的水浪仿佛行船一般，颇有几分看海的意境。

肖天坐在出租车里不住地探头，望着车前十字路口因积水而拥堵的车流，焦急万分。

反正离区委也不远了，实在等不及了，肖天索性下了车，冒着未停的小雨跑进单位。

到区委用了十分钟，离高书记上班还有二十分钟，正好是每天开始工作的时间。肖天顾不上擦去裤腿上的水渍泥渍，快速收拾完这个已经打扫并服务三年多的区委书记办公室。

"肖秘书，这么早。"勤务员小林提着暖水瓶走进办公室。

"早，你好。"肖天回应着。

本来打扫办公室这类杂事是勤务员的分内事，可小林收拾过的办公室总会让高书记挑出毛病来。肖天索性自己早来半个小时揽下这个差事，小林当然巴不得有人代替，小心伺候大领导，倒能落个省心。

对高书记选自己当秘书，肖天始终心存感激，所以办事分外上心。对人谦虚谨慎，而且口风很紧，知道啥该说，啥该做，啥话不该说，啥事不该做，这是一个合格秘书工作者的基本素质。

聪明的肖天干秘书不出问题，服务领导也不断创新、提升工作品质。

从去年起，在高书记上班前，肖天总是准备三个水杯。第一个纸杯盛半杯稍凉的水，第二个玻璃杯盛半温稍热的纯净水，第三个紫砂杯才把最新上市的极品观音沏上。当高书记踱步走进办公室时，肖天问过好，接过书记手中皮包，迅速递上纸杯。高书记抿一口水漱漱口，然后吐回纸杯，早饭浸染过的牙齿被微凉的纯净水清理后，顿觉清爽许多。再接过肖秘书递过来的第二杯温热适宜的纯净水一饮而尽，水顺口腔、食管流进胃里，一路奔腾，清新舒坦。等听完秘书长当天重要议程安排后，紫砂杯中极品观音浓郁的香气恰好直冲鼻翼，桌前香茗不温不烫，品一口，咂咂嘴，通体舒坦。

肖天会在书记放下茶杯的第一时间续满开水，让茶叶的香气继续在杯中和办公室驻留。这三只杯子的使用对五十多岁的中年人来说，比家中老妻的照顾要得体数倍，领导逐渐适应了早上的三个杯子，适应了三种水带来的规律生活。极小的工作和服务习惯，让高书记对肖天这个秘书非常满意，甚至有些欣赏。小伙子心思缜密，注重细节，有前途。高书记越发离不开肖天的服务，几次准备提拔外放都搁置下来。

当然，领导的肯定是在点头和慈善的眼神里，而不是口头上。这也足够让肖天满意，甚至得意。有了领导尤其是区委一把手的信赖，肖天前面要走的路不说一片光明，至少风摆杨柳，顺心顺意。

正是有了这个动力，肖天才会风雨无阻按时到办公室准备三只杯子，即使陪书记出差，也会随身携带，熟练操作。对自己未能提拔一事无法理解，只好把心思搁下暗暗发酵。

第一大秘的成功经验在其他秘书哥们几顿酒后"哄骗"下来，立马在区委大院流行开来。区政府的领导也开始模仿一把手的派头和享受，使用起三只杯子的功能。可一些功夫不到家的秘书或办公室主任准备的杯子不是太热，烫了领导的嘴，就是水太凉，冰了领导的胃，让领导们口舌甚至身心备受煎熬，难免指责身边人。

受了批评和委屈的秘书或者办公室主任们，自然不会埋怨领导，只好把矛头都指向肖天，说肖天的鬼主意害得大家跟着受罪。一些对肖天羡慕嫉妒恨的家伙，心思弯弯绕，甚至诬传肖大秘如何仗势欺人，如何恃才傲物，如何假公济私……众口铄金呀。

　　负面的是非总是比好话流传得快，经过秘书们、主任们的口舌，几经周折传到领导们耳朵，领导的口风添加其他问题后也第一时间会吹到高书记跟前。

　　本来挺享受三只杯子服务的高书记，心安理得，可流言蜚语却使爱惜自己政治羽毛胜过生命的人不会再心安理得了，生怕落个只图享受不思工作的坏名声。有这样的思维作怪，高书记再看肖天心情就变了，眼神自然也会有新方向，神态更不用说了。

　　敏感的肖天意识到"危险"的来临，在痛苦辗转几个夜晚后，终于决定放弃三只杯子。

　　接下来，肖天不是上班迟到，就是杯子里的水时温时凉时烫，弄得高书记很不满意。在满脸堆笑谦逊认错的秘书面前，高书记又不能丢了领导谦和的气度，只好轻叩桌面叮嘱："年轻人还是认真些好呀。"

　　不久，肖天"如愿"被调到一个部局当主持工作的常务副局长。

　　第一天上班，肖天叫秘书到面前，手把手，面对面传授了三只杯子的使用功能，然后每天早上心安理得地享受三只杯子带来的惬意舒坦。局里的副手和处室长们都暗暗赞叹区委大院来的局长就是有派头，有内涵，生活如此讲究。

　　如此这般一周时间，三只杯子开始在局机关及全系统流行开来。

炸　弹

　　杨处长年过五十，在厅里主管工程审批、房建和计划等工作，大权在握。可看着系统内一个接一个倒下去的同仁，老杨就告诫自己，在位没有几年了，一定要管住手，不该拿的千万不能拿。否则，晚节不保，毁了积攒的一世英名。

　　可最近几天，房产公司的米总多次邀请吃饭，说是联络联络感情，几番推脱不掉，加之又是顶头上司打过招呼的，不好再拒绝。

　　晚上的酒桌上，菜是好菜，酒是好酒，在米总及陪客的热劝冷激下，老杨喝了不少酒，终于醉倒在桌子下，被人连抬带背给送了回来。

　　翌日早上，酒醒后，摸着难受的肚子和晕晕的头，杨处长才觉得还是家常便饭吃了舒服，养胃呀。饭后，老伴又催他尽快把儿子买房的事解决了，啰啰唆唆半天。老杨揉着还在发胀的脑袋，胡乱答应着，提上包就去上班了。

　　到办公室，照旧从包里准备拿出水杯泡茶，不想却带出了一个大信封。打开一看，天哪，是红版钞票，三沓子，整整三万。老杨刚有点清醒的脑袋顿时又开始发蒙。

　　"怕啥来啥，看来昨天的酒误事了。这米总送给我的不是钱，是炸弹，想炸毁我一世清名的炸弹呀！"杨处长不无担忧地责怪米总。

　　"本来联络感情的事，现在不知他们要提啥非分要求？如果让上司知道了，会不会说我太贪，不给他面子？"杨处长继续担心。

　　现在从上到下都在抓违纪，万一被发现了，有人举报后……老杨脑中第一时间闪现出无数个想法和可怕的场景。谁让自己嘴软吃人家的，他狠狠地抽了自己一个嘴巴。

接下来，好面子的老杨还是拉下面子，给米总打了三次电话，委婉地试探他是否把啥东西忘了，或者招待太热情了。后来直接表示自己吃喝之后再拿米总东西受之有愧等等。

不知是没有听懂还是别的原因，米总死活都不承认自己忘了啥东西，还说一顿便饭，还没来得及表示表示，杨处长就独自装醉了，改天一定赔罪。

老杨猜测米总是故意不承认，现在的商人太奸了。

总之，这一段时间，三万元放在包里就像一颗定时炸弹，长长的药捻子似乎一见火星就会爆炸，把老杨送上西天。这"炸弹"去不掉，老杨的心就一直被压着，透不过气来。

单位的几个要好同事还调侃杨处长为了儿媳妇，把自己都愁老了。他们哪知道老杨此刻的煎熬呀！

后来，杨处长没有把此事告诉老伴，担心小心谨慎的老伴得知实情后受到刺激病发。去年，一次饭后开玩笑说自己被人告了，明天纪委就要来人抓自己，老伴当下就昏倒在地，住院检查是轻度脑溢血。当时，杨处长就后悔嘴太欠，差点要了老婆子的命。

经过反复的思想斗争，老杨下定决心，和许多英明领导一样悄悄把钱捐给希望工程，用不留名的方式。

拿着那张有红戳的捐款证明，老杨觉得自己做了一件伟大的事情，压在心头的石头和那颗"定时炸弹"，似乎随波慢慢漂向太平洋，连一点涟漪都没有。

当天晚上，轻松许多的老杨笑容满面地让老伴弄几个硬菜，准备喝杯酒好好慰劳自己一下。看着老头子的高兴劲，老伴连忙应承，询问是否儿子买房的事办完了，还说给老杨包里装了三万元，让交房子定金。

"什么，你往我包里装钱了。"老杨疑惑地问。

"是呀，你以为哪个人有病给你送钱呀，也不看看现在这环境。"老伴责怪老杨道。听到这，正准备开酒瓶的老杨终于明白了，自己把儿子的购房款捐了，那可是多年攒下的呀。老杨顿时觉得头重脚轻，天旋地转，倒在沙发里，半天没有说话，好像那颗"炸弹"又被装进包里了。

一旁的老伴还在叨咕："这老头子，给儿子买个房就把自己弄得站不稳脚了……"

换　房

单位集资房盖好了，马上就要分房。

按职务、工龄、学历等条件排队，大学毕业后工作不到两年的吴明，经过层层筛选排列后，居倒数第一。与他配对的是大楼二层偏西的一套大户型。

三十二层的板点结合高层，二层偏西的确不是什么好位置，加之楼外的高大围墙堵得半边窗户像地下室一样，白天还得开灯，憋屈得很。一层带院子的被科室大刘选走，顶层带平台落进隔壁办公室老秦手中。

如果是多层，二层倒是最好的，可这是高层呀。吴明想，好歹也是一套房子呀，比走上岗位不久的其他同学，不知道要幸运多少倍。

和单位许多同事一样，紧张地装修，让吴明快要跑断了腿。参加工作就三年不到，大学时的花销让懂事的小吴不忍心再向农村的父母伸手，只是向亲戚借了一些凑够首付款，在银行利用公积金办了贷款，手上节余三四万元装修钱。还是因为这个事业单位旱涝保收，加上吴明省吃俭用，如果在企业上班，哪有如此"阔绰"。

有了房子，尽管装修很简约，墙壁只是刷白，地板砖买市场最便宜的，木工活找在城里做泥瓦匠的表姐夫做，窗帘灯具等都是廉价品，可吴明的心是甜蜜的、敞亮的。有了房就有了资本，就可以向女朋友求婚了，就能圆父母早日抱上孙子的心愿了，就能……

好事总是接踵而来。这两天，一向眼睛朝上的处长也突然关心起了吴明，嘘寒问暖，兄弟长兄弟短，还送了一把在外开会时带回来的不知牌子的剃须刀，弄得吴明着实迷惑。

难道是房子带来的好事？吴明对领导的关心有些接受不了。

"也许领导看上你小子，要提拔提拔了，否则处长和你套近乎？"大刘诡秘地说。

"是不是处长姑娘想和你搞对象？老丈人相女婿呢。"老林也调侃道。

"各位老哥，还是别瞎说了。本人一无相貌，二无背景，典型的矮穷矬一个，谁会垂怜我。"吴明边整理桌上的资料，边自嘲道。

难道真的要提拔？可是目前也没有空位子呀。自嘲完毕吴明还是留了一个缝隙往好处猜测。

几天后的下午下班，处长硬拉软磨把吴明请到家里吃饭。处长一家的热情劲使得吴明受宠若惊，坐卧不安，望着室内高档的近乎奢华的装修和家用电器，小伙子总觉得里边有事。

酒过三巡，领导"微醉"的口中终于吐出了原因。原来处长说自己年龄大了，老伴又有高血压，住在十八层有恐高。如果停电，上了年龄的人腿脚不如年轻人方便，家里来个人更不方便等等。就商量着想和别人换房，又怕人家不愿意，想歪了不愿住十八层地狱，迷信。选来选去目标落到了小吴身上，因为小吴最踏实最年轻最有发展前途等等，一大堆溢美之词。

吴明在这大堆话语中听明白一层意思：十八楼一切都不方便，要换房。自己二楼方便是方便，又能干什么。

"这么好的房子却要换，怎么行呢？"如此好的楼层、装修、家电等能落到自己头上，疑惑中的吴明脱口而出此话。

"小吴呀，我们也不会占你便宜，装修不说了。如果你还不满意，面前这台55寸进口彩电一并奉送。"处长着急地说，担心年轻人心思多。

"这恐怕不合适吧。"吴明还在思索换房原因。

"小吴，我和你阿姨可是非常看重你的。我再不到一年时间，就要下来了，我到时一定会向局里好好推荐。年轻人要努力，踏实干，前途不可限量啊。"处长最后这句话还是起作用的。

在勉强点头的瞬间，吴明分明看到处长夫妇眼睛深处一扫而过的那抹兴奋。

说换就换，处里同事帮忙，吴明上调到了十八层处长"豪宅"，处长躬身二楼吴明"蜗居"。除过自己的简单行李外，吴明上下来回跑着帮处长搬东西，还不住地表态如果处长反悔，会马上搬下来。

可处长却怕吴明反悔，短时间内搬了家具，一些不能拆卸的空调、油烟机也一并送给吴明，好稳住下属邻居的心。还一再强调，年轻人办事一定要丁是丁卯是卯。

这桩交易让同事们不解，又都羡慕吴明交了好运，天上的馅饼砸到嘴里了。

躺在装修一新，散着淡淡油漆味的豪华套房里，对面55英寸彩电里节目看得人眼花缭乱，窗外明媚的阳光，轻柔溜进来的微风，一切一切让吴明心里敞亮了许多。

最让人烦恼的是每天晚上总是有提着东西神秘敲门的人，一进门都会愕然地探问处长是否住在这里。

一次，两次……半个月都如此。

吴明干脆在门上贴了条，上书"处长搬至二层201，请勿打扰"，这才消停了下来。

一日，在乡企局工作的女友前来探视参观，激动地抱着吴明一阵狂吻，说吴明真有本事，能有这么大一套房子，自己眼光没有错。

　　吴明讲了心中的烦恼，正站在彩电前手舞足蹈的女友说道："我的傻老公，十八层在中间，有人送礼送东西坐电梯不方便，爬楼梯又太高了。二层不用坐电梯。对面王工退休后一直在北京儿子家住，地点又很隐蔽，也少碰到熟人。送礼的和收礼的都方便。何况，你们处长不是快退休了，再不换到二层，那可就那啥了……"

　　女友话中有话的样子，让吴明忐忑的心终于放下了。

　　随后，吴明又为处长的明天悬了起来。

提　拔

　　厂里最近要提拔中层干部啦，王暖所在的销售科刚好有一个副科长的职位空出来。想着八年来的工作历程，销售业绩一直名列前茅，作为正牌大学毕业的高材生，因为种种原因错失了一次又一次的进步机会。这次，无论如何都要上一个台阶，王暖这样想。

　　在王暖暗自费心的这几天，科室张大姐、隔壁财务科的老杨都多次关心和叮咛王暖，他们分别以过来人的经验和教训，告诫小伙子做人要舍得舍得，有舍才有得，付出总有回报的。

　　王暖明白，现在求人办事必须送红包、递购物卡。可每月不到3000元的工资收入，固定给父母寄去一些，租房吃饭交通等日常开销除过后，所剩无几。可对照当官后的风光和诱人的待遇，提前透支一些似乎是应该的。

　　跑了姐姐家，舅舅家，陪上礼品和笑脸终于凑够了一万元。想着送钱有点直白，送烟酒太扎眼，送其他东西却不知道厂长兴趣喜好。况且厂长住的单元楼都是厂里的领导，万一碰见谁都难堪。

　　后来索性到本地最大的商场换了一张购物卡，薄薄一张，揣在兜里，捏在手中，"不经意"往厂长家一扣，不出声不占地方。或者在出门时"遗落"在厂长家的茶几、沙发上都行，然后就等着好消息，王暖心中窃喜自己的聪明。

　　一个漆黑伸手不见五指的夜晚，本来吹偏东风，此时却有些奇怪地从西边来。管它呢，先完成使命再说。王暖蹑手蹑脚，摸索着爬上楼梯，站在了二楼厂长家门口，强压着怦怦跳的心正准备敲门。头顶的楼道灯却不适时宜地亮了，抬头看见刚退二线的老书记从三楼下来，手中拿着跳绳，好像要出去锻炼，看到王暖很诧异。

　　王暖红着脸，忙说："书记这么晚了还出去。"

　　老书记说："人老了，再不锻炼就来不及了。"并顺便告诉王暖厂长好像外出了。

　　王暖转了个脑子，连忙解释说想找张刚，说好了今天打牌，好长时间没来。就上楼来找，可忘记这家伙住几层。

　　王暖此时只能随老领导下楼来。边下楼梯，老书记热情告知张刚在二单元二层，还主动询问王暖生活学习和家里情况。

　　和老书记交谈着走出单元楼后，本就意志脆弱的王暖，再也没有上楼敲门的激情和勇气了。

　　在回来的路上，迎着路灯背后飘下来的雨丝，落寞的小伙子卷紧衣领，索性把压在心头的郁闷变成歌词，在街道上吼起了"拆了一半的半边楼，还有一半没拆到头……"脸上亮闪闪的东西不知是雨水还是汗水。

　　送礼失败后，王暖横下一条心，反正当官进步也轮不到小人物身上，该干嘛干嘛，咱不操这份闲心。

　　翌日，刚好外地有客户要回访联系，王暖就自告奋勇出差，也好散散心。

　　一周后，当王暖怀揣着一笔新订单回到科室后，几位同事都眉开眼笑地嚷着要他请客。张姐、老杨等还悄悄拉过马上要任副科长的王暖说："老哥老姐的办法果然见效吧。"科长也在背后说，早就觉得小王不错，踏实肯干，积极上进，工作业绩好，前途无量。王暖丈二和尚摸不着头脑。

　　在两天后的聘任大会上，厂长动情地说："王暖同志业务能力强，在所有考察的人选中，只有王暖一个人没有敲过我家的门，没有送礼。这恰恰说明他是一个人品过硬，不为世俗所侵蚀的人，我就喜欢这样的年轻人。所以我大力推荐，厂班子开会研究，一致决定王暖同志担任销售科副科长……"

　　在台下的王暖听完后，早就蒙了，不知是幸运还是……

采 访

早上，太阳已经升到了半空，我打了个电话，准备开始今天的工作。

开车来到再富资源科技公司的时候，门卫略有迟疑，才迅速打开大门让我进去，因为车窗前"新闻采访"的牌子非常醒目。

我直接乘电梯到八楼808室，推门进去，老板桌后皮转椅上坐着一个秃头大胖子，这是我今天的"攻击"目标了。

"贾总，你好，我是晚报社记者杜撰。"说话间，我递上自己的名片。

"记者？"贾总在犹豫中接过名片，脸上短暂的即将要暴发的怒气似乎在消散。

"有事吗？"看着没有出声却在微笑的我，贾总客气地问。

"听说，贵公司前一段时间偷排污水，污染了我们的母亲河。有群众举报，作为有良知的新闻媒体，我们必须关注。所以本人不请自到，上门打扰。喏，这里有材料。"我说着，手夸张打个圈，准备从背包中摸出举报材料，其实包里除过早餐剩下的半个包子和一本笔记本之外，啥都没有。

"啊，不会吧？"贾总胖胖的身子摇摆着，看到我要掏材料，立马转过桌子，按住我的手，其敏捷程度让人惊讶。

这也太配合了吧，我暗自惊叹。

"杜记者，不，杜主任。"称呼我的职位而不是身份，贾总满脸堆笑。

"我们再富资源科技公司是一家高新企业，追求技术革新。当然保护环境也是我们责无旁贷的义务。你说的偷排污水，纯属是栽赃陷害。"说这话时，贾总已经顺手递过来一支中华香烟。

我客气地挡回了递过来的烟，惊叹道："高科技？不知贵公司的高科技都有什么特点？如果有机会，这也是宣传的亮点呀。"

贾总似乎对我的话题转向有些不适应，可老板就是老板，生意人的精明，促使胖脑袋立马掉了回应方向。"就是，本来还准备到贵报社请领导们来参观，今天正好向杜主任介绍介绍。王秘书，倒茶。"

随着贾总吆喝，门口挤进来一个曼妙身材，蜂腰丰乳的女人，很快一杯香浓的特级铁观音送过来，这味道我在农业局郑局长办公室喝过。从美女的手中递过来，除了茶香记忆还有诱人的女人体香。

这边，贾总的介绍已经开始："鄙人公司的高科技主要是有……"整整两杯茶的工夫，我捺着性子基本粗略地了解了再富资源科技公司的业务和特点。

"看来贵公司主要是回收农民田里的秸秆做原料，废料利用，既发展了公司，更为新农村建设做出了贡献，贾总真是功德无量。这样的典型我们正需要大篇幅地宣传，让社会都来了解和关注，弘扬正能量嘛。"面对我的赞美，贾总似乎从克扣农户获得巨大利润的喜悦中还没有回过神来，我想。

我趁热打铁："现在农村还有许多贫困人口，市委市政府今年有详细的扶贫帮困计划，重点要寻找更多有爱心的企业支持，共同发展，为全市富裕文明和谐发展做出新贡献。"边说边观察贾总的神色，"可是，现在的某些企业只顾赚钱，不顾环境污染，更不顾全市发展大计，一定要抓住一个整顿一个，决不能用污染环境来换取暂时的发展，这些可是市委汪书记的指示呀。"

"市委领导和宣传部领导还指示，要电视台和咱们报社认真开展调查，发挥舆论作用，重点曝光一批……"说着，我的手又伸向背包。

此时的贾总竟然一个激灵抓住我的手，在它还未探进包里之前，忙说："请杜主任指点，鄙人和企业一直有帮扶困难群体的计划，不知道从哪着手。"说完，滴溜着那双滚圆的小眼睛，"还请杜主任指点指点，在下将不胜感激。"

"我可以推荐一个。"手从背包上收回来后，我慢悠悠地说。

……

十多分钟后，我从贾总办公室出来。此时，一个出资30万，扶助农村建自来水塔的项目已经谈成。

回到车上，我拿起了手机拨通："二舅，你村上建自来水的资金有着落了，你到时直接和再富公司的贾总联系……"想着当村支书的二舅舒展开来的笑容，明显感觉自己的身影开始逐渐高大。

回吧，今天任务完成，和平村的道路，南行村的小学操场……还等着我的采访呢。

想着计划，我坚决有力地拧动了车钥匙。

无 所 谓

　　宋元在厅机关给人的印象就是低调、勤恳，而且常把一句"无所谓"挂在嘴边，对付几乎所有人所有事。

　　处领导想提拔亲信，得走程序，又必须征求大家意见。有人反对有人赞同，轮到宋元表态，他说："无所谓，革命工作谁干都一样。"领导理解为宋元支持自己，又不能支持得太明白；其他同志认为宋元给了领导软钉子。这是聪明之举，大家都对宋元产生了好感。

　　处里准备动用小金库的资金，组织大家到南方城市旅游，可工作又不能撂下，必须有人值班。大家意见不一致，不是这个功劳大就是那个辛苦多，闹得不可开交，谁都不愿意留下。宋元发话了："留不留下无所谓，事情总得有人做嘛。"好，难题解决了，处长直夸宋元这个副职风格高，愿意为自己分担矛盾，同事们心里赞许宋元这个领导有表率，值得学习。

　　中秋节前，基层单位"上贡"了八箱苹果。处里九个人，怎么分，谁都不愿做第九个，可都不发言表态。苹果在办公室放了都快一周了，箱子里散发出的香甜气息在办公室飘荡，每天挠着大家的心。

　　长时间把这些"贡品"放在这也不合适，其他处室和基层办事的发现了影响太那个了。恰好在外出差的宋元回来了，问明情况后，给每人脚下踢过一箱，说："你们傻呀，我不在，不正好八个人吗？何况，咱老家农村就是种苹果的，从小把这些果子都吃腻了，现在看见圆圆的东西都反胃。"这样，其他人心安理得地搬走已经变蔫了的苹果，但暗地里都对宋元竖起了大拇指。

　　年底厅机关评先进，大家都觉得不能让老实人吃亏，把票全投给了宋元。领导们也都举双手赞成这个常常支持领导，为大家分忧，无事无非的好同志。如此下来，优秀党员、先进工作者等荣誉连年而来，红本本在宋元的柜子里越摆越高。

有了荣誉，勤劳有眼色的宣传处更是手到文来，一篇介绍宋元的很有分量的事迹报告刊登在行业报头版，还被几家省内大报转载。顿时，宋元"无所谓"的先进大名在省内乱飞。

荣誉和名气就像两只光环，又仿佛是两把利剑高悬，随时刺穿宋元的心。

厅里领导和处里同事逐渐习惯了宋元的无所谓，大事小事只要牵扯到个人利益矛盾时，都会想到宋元这个无所谓的名人和先进，让他来平衡利益和缓解争执。宋元也多次主动承担、积极化解大家的矛盾。

厅机关新住宅楼房落成，调房选房时，分管的副厅长会首先把户型楼层都不理想的房子留给宋元。反正宋元是先进，提前把问题甩开，会让分房工作顺利许多。结果自然是领导满意的。

几次提拔的机会，在和别人同等条件下，想起无所谓的宋元，领导都会把机会给别人。因为宋元不会因此闹情绪，少了许多不便，队伍情况会稳定许多，领导已经习惯了宋元的低调。

接下来，厅里要安置一批职工家属的工作岗位，宋元的老婆从农村来，一直没有安置，这次刚好机会来了，满以为十拿九稳的事情，竟习惯性地被"无所谓"掉了，气得老婆直骂宋元窝囊。重要项目的管理审批权也和宋元无所谓了，两次下基层蹲点调研的机会却责无旁贷地落在了他头上。机构改革，厅里要裁人，宋元提前离岗的第一原因是年龄最大，负责的工作可有可无，更重要的依据是厅里集体决议时，都以为宋元是位好同志，执行政策决议都会无所谓，绝不打折扣，会坚决贯彻的。这样的话工作就有了好的开头，下面的事情会顺利许多。

　　回家赋闲的宋元百思不得其解，自己的无所谓究竟是对还是错。

　　再纠结饭总得吃，生活还得继续。这样暗自反思的宋元很快就过了两周时间。宋元就帮老婆在市场上租了个小摊卖小吃。习惯了不争不抢，无所谓的宋元只把做小生意当作打发时间的方式而已，反正自己的退休工资养活一家三口没问题。

　　就是这种无所谓的态度，宋元两口子专心料理饭菜，实心待客，笑脸相迎，小生意反而做得风生水起。一年后小摊变成了小店，两年后小店变成了大店，三年后大店变成了连锁店。这时的宋元已经是当地有名的餐饮业新秀了。

　　他的经营宝典还是抓大放小，凡事只要员工们提出新点子，宋元一歪头想想，只要是对经营发展有利，无所谓，就按你的想法来。这无疑大大激发了员工的工作热情和激情，接下来的生意自然在众人划桨中，船直浪平收获大。

　　某次，已经退休的厅长来宋元店里喝酒，开玩笑地问宋元："你生意这么好，干脆咱们两家共同发财。"没想，宋元盯着老领导的脸足足看了半天，让老厅长很尴尬。最后，宋元却还是那三个字——无所谓，这让老厅长琢磨了半年。

局长的眼神

　　储娟在一个山区县的基层单位工作，丈夫孩子都在市区，只有周末假日才能回家团聚。几年风霜雪雨折腾下来，储娟的心里就有点不安分了，孩子管不了，老人照顾不上，女人就觉得对不住丈夫孩子，啥时间能调回市区就好了。

　　恰好中秋前夕，新调来的局长到基层单位慰问，大家当然高兴，有慰问品领，同时可以见到关乎每个人发展进步的新领导。

　　局长轻车简从而来，分别和大家握手道辛苦。在握到储娟时，局长竟然盯了她几分钟，让其他人诧异。身后的主任忙上前解释说这是单位储会计，财经学院毕业高材生。

　　局长"啊"了一声松开了储娟的手，询问了她的工作、家庭等情况。在接下来的座谈会上，储娟总觉得局长望自己的眼神是异样的。

　　一个月后，储娟被调到局机关财务处工作，这简直是一个天大喜事。储娟终于能和丈夫孩子团圆了，夫妻俩的功课也比周末时和谐了许多。储娟尽享三口之家的甜蜜。

　　喜悦之后，做老师的丈夫提醒妻子，应该感谢局长这个大贵人，要不是人家，妻子还在那个百十公里外的山区不知待到何年何月。

　　也是，储娟思量着丈夫的建议。如何感谢？送烟酒，领导肯定不缺，送其他东西，大包小包在一个机关更不好意思，被人碰见影响也不好，怎么办呢。最后夫妻商量的结果是，花两千元办个购物卡，携带方便又不显眼。

　　可想起局长注视自己的眼神，储娟心里还是怪怪的。

　　在局长门口转了多次都因办公室人太多排不上队而作罢。

终于有一次，储娟去送财务报表，汇报完工作后，她把购物卡搁到局长办公桌上，说明了感谢的意思。可被局长婉言谢绝了，储娟再三坚持，惹得局长黑下了脸，声明再不拿走就找纪委的人来登记。没办法，只好把卡带了出来。

回来后，储娟夫妇总觉得没有表达感激，心里老有疙瘩，可局长不接受礼物也没办法呀。这事只能暂告一个段落，回头有机会还得有所表示，不然会被局长认为知恩不报，落个小人的印象。

回城后的储娟少了来回奔波的艰辛，很快适应了机关白领的固定工作和生活方式，也有了更多时间打扮着装。本就三十出头的女人，正是滋润甜蜜的时候，经过一番精心装扮，越发青春靓丽，风采照人。前后对比，简直换了一个人似的。

照常理，机关开始有了议论，同事们除过储娟的容貌打扮之外，更关心的是这个毫无背景的女人，竟能短时间从山区县调回市区，岗位还是令人羡慕的机关财务处会计。照目前社会规则来说，要不上边有人打了招呼，要不就是给局长送了重礼，要不就是……这个要不后面的内容大家都心知肚明，却不想说破。

机关的风言风语以及同事们的过分热情的关注，注定是瞒不过储娟本人的。

有时她也想，局长凭啥能调自己却不调别人，其他基层单位能力比自己强的会计不止一个两个。送礼局长又不收，当然这只有自己知道。

联想到局长的眼神，储娟心里琢磨，难道真的是局长看上自己了？如果哪天局长要自己以身相许报答，那可怎么办。

好事不出门，坏事传千里。机关同事的议论还是被敏感的丈夫捕捉到了，这个细腻的男人在中学课堂对学生循循善诱，道德传授。对这些无中生有的闲话竟然全部相信，而且深信不疑。然后开始联想到妻子回城后的一些细节变化，以及送礼不成的现实，怀疑占据了男人脆弱的心。

丈夫心动后就有了行动，竟然请假开始跟踪妻子，偷翻妻子手机短信、日记，在储娟外出应酬时总会有持续不断的电话查岗，有时甚至会碰巧"走错"包间，闯入储娟的同事聚会、同学聚餐，同学同事们都赞扬储娟夫妻恩爱、寸步不离。丈夫竟然某次背着妻子，去储娟原来单位了解情况，细致到和局长见面握手的细节。以前单位的好姐妹偷偷打电话，叮嘱储娟要注意机关影响，在生活上把好门。

储娟失望到了极点，没想到相爱多年的丈夫竟轻信谣言，如此不相信自己老婆的人品，二人不可避免地发生了争吵。三天小吵，五天大吵，最后竟然动了手。身体和心灵同时受创伤的储娟提出了离婚，自己带孩子净身出门。

单身后的丈夫一直不明白妻子的决心，也不清楚自己的行为是否正确，可为了爱情和家庭似乎应该有个交代，男人痛苦不已。

听说储娟离婚的消息后，局长开始重视这个被自己拒绝受贿的女下属。有天，局长派人把储娟和前夫找到了一起，问明情况。得知与自己有关后，局长竟然哈哈大笑起来。笑过后，局长诉说了调动储娟的原因："五年前有个女人在河边救了个冒失掉进河里的小男孩，这个女人救完孩子后悄悄地离开了。后来男孩的家人多方打听，想感谢救命恩人，都没有找到救人的女人。而因公差路过救人现场的我却恰巧就看见了这个女人的脸，一直印象深刻。"

"你们知道这个女人是谁吗？"局长卖了个关子。

　　"谁呀？"储娟和男人两个都有些纳闷。

　　"这个女人就是你储娟呀。你忘了吗？到局里后不巧又碰到了你，所以关心和了解了你的工作情况。我觉得，用这种方式表达一下我对见义勇为女英雄的敬意不为过吧？何况领导解决下属两地分居困难也是应该的，没想到好心办了坏事……"

　　在局长滔滔不绝讲述中，储娟才记起当年救人的情景。也是因为家里孩子发烧请假回家赶路，乘坐的班车坏到了路上，恰好救了失足落水的孩子。后来急着找车回家，也没想着落水孩子人家寻找，把这事放在心里没有向任何人提说罢了。

　　此时的丈夫望着妻子善良又憔悴的脸，直扇自己嘴巴，说自己的疑心害了妻子，害了家庭，害了孩子。

　　局长把两人的手放在了一起说："不经历风雨怎见彩虹，我的眼光不会错。祝你们和好后幸福。"储娟和丈夫心热热的，都默默地点了点头。

如 此 原 则

　　章处长工作快三十年了，终于按部就班，从科员一步一个台阶踏上处长岗位。谨谨慎慎，小小心心。领导一个喷嚏，同事一个愤怒的眼神，他都能研究几宿，直到确认没有忧虑才作罢。因此，仕途顺利，一切平安。

　　过了垂暮之年的章处长步步为营，稳扎稳打，可却有个占小便宜的毛病改不了。办公室一盒订书针，几本稿纸，一包茶叶等小东西，都会不经意地躺进文件包里。下班后，会从章处长的包里跳跃到书房的某个抽屉里，然后这天的饭菜注定非常香美。如果哪天忘了或者包里是空的，肯定味同嚼蜡。

　　几十年下来，儿子的铅笔、圆珠笔、钢笔、稿纸，老婆用的洗手液、香皂，家里卫生间的拖把、笤帚，待客用的茶叶、纸杯等都在章处长的生活和"勤快劳动"中发挥着巨大效益和作用。

　　什么效益，什么作用。

　　现在物价涨得和路边的楼层一样，一天一个样，可工资多少年没有变化和股市一样坚决处于熊市。有限的资源不能浪费在无限的消费中，省一个算一个。至于占公家便宜，不占白不占，何况"如此原则"你不用别人就用，咱又不生活腐败，不贪污公款不挥霍国家资产。这是章处长的逻辑。

　　后来单位给处室配了公车，当然是处长使用得多。章处长每次上下班缓步踱进车厢，贴紧真皮座椅，舒适爽滑，要比家里的布艺沙发不知强多少倍。尽管走环城路车少红灯少速度快，可章处长总会让司机绕道进城里走主干道，车多红灯频繁，必然会堵在路上。

　　司机心里不畅快领导的怪癖，嘴里就嘟嘟囔囔，骂交警骂行人骂红灯。

章处长安然坐在后座，能利用堵车的时间，尽可能多的时间来享受半躺在真皮座椅上的莫名惬意。

章处长手里负责项目审批，大权在握。可他坚守自己出身农村，清白做人的原始节操，珍惜事业和爱惜政治羽毛。按章办事，按规处人，让那些开发商、办事者送来的黄货红货、硬货软货通通进不了门。

有人不信章处长的品行，说天下哪有不吃腥的猫。软硬兼施邀请章处长出去坐坐，饭后还要请章处长消费，一条龙服务，安排得非常到位。可章处长铁板一块，饭可以吃，吃无罪，酒不喝，喝多了乱性，安排的服务免谈，身体健康要紧，更别说其他的。如此三番，人们终于坚信了章处长的确迂腐，也的确有原则。

有了这些平凡却又辉煌的讲原则守纪律记录，章处长在领导面前自然是清正有为，在同事面前刚直不阿，在群众心里公仆形象屹然。这也是章处长这些年稳坐处长宝座的法宝之一。

今年，全省开展纪律作风专项整顿，专门查找领导干部享乐主义等问题。各类媒体记者们一双亮眼，守株待兔，相继曝光了一批公款消费、贪污受贿、公车私用、假公济私的官员。上级部门对查出来的干部通报处理，杀一儆百。有的为此还丢了官，进了监狱。这让喜欢沾"如此原则"的章处长震惊不小。

有时章处长还在暗自琢磨，蹭集体饭碗的人不在少数，法不治众，只不过日后行事再隐秘一些罢了。时间一长，心里也就淡化了那份即将靠近的威胁。

事也凑巧，早上儿子又是习惯性地睡懒觉误了上学，顺理成章地坐进了老爸的座驾。

校门口人车拥拥挤挤，万分小心的司机还是和一个别克越野车亲在一起。小剐小蹭，其实问题不大，可章处长领导架子不能放，司机正想找人消消这些年堵车堵心的气，领会到处长的心思后，顿时有了后盾，理直气壮地上前大声训斥别克女司机。可人家女司机竟然默不作声，在车前车后转了几转后，指着章处长的车开始教训，而且气壮如牛："你是公车私用还有理了，就算我全责，掏钱修理得了。你也不看看周围有没有记者，曝曝光，那可就不是花钱那么简单了。大伙都过来看看现在的腐败官员吧。"

这一嚷嚷，吸引了周边众多眼神，看热闹的人们慢慢围过来，有的人已经掏出手机拍照。

要坏事，这件事如果被好事者发到网上，记者们最爱这类事情。媒体曝光对自己不会有好果子的，这几年因公车问题倒下的官员太多了。敏感的章处长立刻意识到了问题的严重性，连忙下车笑脸相迎，赔礼道歉，并承诺自己出钱修车，苦口婆心的言说终于让女司机放弃继续纠缠。

回来后的几天，章处长一直处于高度紧张中，生怕哪个眼尖的记者或闲人手机一拍，网上一贴，大家一传，自己可就出名了。在目前作风整顿的风口浪尖上踏浪那就是找死。

这段时间，章处长最重要的工作就是每天关注市内几家报纸、电视台，甚至广播电台的社会新闻，每天上网搜本地热帖，尤其是自己的名字、车牌号，甚至单位的信息，眼睛和鹰隼一样明亮。

惶惶的日子总是过得过于漫长，谨慎小心的秉性是无法支撑这无形中悄然袭来的暗影。终于，某个晚上的极度担忧后，章处长在昏黑中倒了下来，住进医院。章处长的处室属机关要害部门，不可一日无帅，在病倒的日子里，一位望断南飞燕的副职梦想成真，代替章处长主持了处里的日常工作，不几日顺利转正，章处长换成了戴处长。

　　病榻上，药片、点滴刺激着稍有好转的章处长，看着床前日益减少的花篮和笑脸，病情似乎又重了几分。

　　半年后，在医生的建议下，章处长提前病退。

　　病退后的章处长教育儿女时，告诫说："如此原则不能沾，虽然晶晶亮，唾手可得，可也是步向危险的润滑剂呀。"

钱县长下乡

群众路线教育活动开展以来，各级都在强调，要从思想和行动上提高服务群众意识。参加过县委专题学习的钱县长也没有例外，在忙完手头工作之后，也想下乡转转和群众拉拉家常，听听大家意见，好让报纸电视上留声留名。

十一点的时候，钱县长叫上秘书出发，并要求不提前通知基层。

基础农田改建工地，钱县长来到热火朝天的施工现场，二话不说，挽起袖子和裤腿，接过工人手中的工具，扬掀举锄，干了起来。

后边闻声赶来的乡里干部们，向周边诧异的工人们介绍："这是咱们钱县长，在百忙之中抽时间深入群众，听取大家意见来了。让我们为领导的朴实亲民作风鼓掌。"在乡长的带领下，大家稀稀落落地拍了几下。

不到十分钟，钱县长手中的工具就被乡长夺了下来："县长，您看，午饭时间到了，咱们先吃饭吧，乡里的具体工作还要向您请示汇报呢。"在乡干部们众口劝说下，钱县长才和工人们握手告别。

"不错不错，现在的领导真是走群众路线呀，和工人们同劳动。"一工人说。

"就是，你看人家县长穿黄胶鞋，直接踩在黄泥里劳动。"另一工人说。

"呸，一大群人走时，全都脱下黄胶鞋扔在路边，换上瓦亮的皮鞋上的车，糟蹋糟蹋。"第三个老年工人边说边捡起刚才领导们丢掉的鞋子。

乡政府食堂里，钱县长极言中央"八项规定"的重要性，强调务必要安排工作餐。乡长唯唯诺诺而去。

短时间，方桌上，三个大盆端上来，白菜炖粉条，红烧豆腐，青菜蘑菇。

"好，不错。"钱县长赞叹着，却不动筷子，脸色在热气中似乎不太好看。

此时，隔壁酒店老板娘及时窜进包间，替乡长打圆场："县长呀，俺家老王可是严格按照工作餐标准招待领导呀。"说着，用筷子挑开上面的菜……

此时，钱县长和在座的其他人都眼前一亮。

吃饭时，钱县长满意地拍着乡长的肩膀："老王，嫂夫人可真是个贤内助，聪明贤惠。"说着拨开上面的白菜、豆腐、蘑菇，从下面夹出螃蟹、甲鱼、焖鸡……然后大嚼大吃起来。

校 长

儿子大学毕业后找工作高不成低不就，一直在家漂着。

妻子老是指责我没本事，不能给儿子找份好的工作，只知道在学校操别人家孩子的心。

的确，我好歹也是一校之长，在重点中学几千人的讲台上，慷慨陈词，指点江山，纵横捭阖。可回到家里，面对这个不学无术、只知道啃老的儿子，我毫无对策可言。

当然，凭咱多年的教育贡献，市上的关系和人脉还是不少的，自己教过的和从我手中毕业走上社会的学生，如今在领导岗位和实权部门的也不在少数。可多年模范校长的光环罩着，一直在给老师和学生们上课，教育别人行，向别人求情那是万万不可的。

深层次的原因是，我作为这所省级示范中学和市级重点中学的校长，每年总会有别人登门央求，好酒好烟，包装袋礼品盒，会员卡购物卡等等，均被我骄傲地拒之门外，其中不乏有钱有权的。市上几个有权有势的家长，多次暗示有需要一定会帮忙。面对这些诱惑和我的尊严，当然不会因小失大，丢了面子。

我明白自己教育学生传道授业解惑，光明磊落。人家尊师重教无可厚非，若接受了馈赠或者贿赂，拿重点学校的名额交易满足自己的私欲，那注定与我的教书育人理想背道而驰，也会让人瞧不起，会毁了我的一世英名。

我不是什么伟大人物，只是个鞠躬尽瘁三十多年的职业教育工作者，只想在自己的事业上干干净净，清清白白。

"清白个屁，清白能当饭吃，清白能当钱使。"妻子是最快撕破我那张遮盖严实的道德帷帐的人。在单位同事和周边闺蜜们比老公、讲财富、谈享受、摆幸福的浓郁氛围中，妻子的清白阵地早就沦陷了。

起初，我是抗拒妻子的庸俗想法的，想狡辩说儿子找不到工作是因为眼高手低，不愿吃苦。妻子却说："就这一个儿子，不靠老子，别人更指望不上。养儿防老，何况你也不想为这事让儿子记恨老子一辈子吧。"

　　在和妻子数次交锋冷战之后，作为另一个社会人的我还是败北妥协了。

　　为了不争气的儿子，为了退休后少一份担忧，更多是为了堵住妻子那如针话语再次刺痛我的脊梁，我开始在手中扒拉能找得上的关系。

　　不经意，发现以前的学生已经当上了这座城市的市长。我盘算着，找谁都不如找市长，找谁都不如找自己的学生理直气壮。因为这个学生当年还是在我的多次规劝下才放弃逃学、继续攻读成才的，这一直是我一件引以为骄傲的事情。

　　市长自然是忙碌的。

　　忙碌的我在市长办公室外面等了近两个小时。

　　要不是市长秘书的女儿上我们中学，人家顾念旧情，说不定早被清理出大门了。

　　好在最终见到了我的得意门生——市长。

　　在热情地握手和兴奋地回忆结束后，市长说了一大堆感激我当年苦心教育的话。接着不无感慨地抒情："老师，当年您总教导我们要努力学习，学成之后立志报国，要敢于担当，为民服务，两袖清风。尤其是'两袖清风'四个字早就作为我的座右铭，牢记在心。从政这么多年时时刻刻以老师的话语勉励自己。"

　　说着，市长还从身后的柜子里拿出一幅字来，缓缓展开。的确是当年为这些优秀毕业生题写的条幅，"两袖清风"四个大字依然有我年轻时的激情与希望。没想到呀，已经当了市长的学生还铭记着老师教育成果的光辉，我心中那点清高、骄傲和尊严瞬时明亮了起来。

　　"对，做人为官两袖清风才是根本呀。"我决然回答市长的话。

　　走出市政府，我的心是敞亮的。我的事业有了成果，得到认可，并能通过学生的实践用于社会，回报社会和老百姓，这当然光荣，当然激动。对比起来，儿子个人的工作前景又算得了什么。

回来后，为了回避妻子的唠叨，我索性全身心投入学校工作，积极开展新课程改革。想着能多培养一些像我的市长学生一样的人才，才是最最要紧的。

不曾想，一个月后，市政府专项批给学校的三百万经费到账了，我和老师们都非常高兴。这些钱对于一个几千人的重点中学来说虽然算不上什么大钱，可改善教学设施，提高教职工待遇，却是雪中送炭的大喜事。

后来，听开家长会的市长秘书说，市长曾私下悄悄念叨，他最尊敬和感激的老校长登门，一定是遇到了什么难事，不然是不会抹下脸面来找学生的，尽管当面没有提出来。调查后，才知道学校目前经费还是比较紧张，就协调有关部门，在政策允许范围内，尽最大可能给学校资金倾斜，也算是对母校学弟学妹们，对老师们，对校长，对全市教育事业的一次贡献和支持吧。

当然，市长秘书在讲这件事情的时候，也多次强调自己在其中起到的关键牵线搭桥作用。

这点顺水推舟的悟性还是有的，我连忙握住市长秘书，不，是学生家长的手，强调说："您的女儿已经是副班长了，学习成绩优异，下一步我们想让孩子进学校火箭班。"听闻后，市长秘书喜笑颜开，表示会继续做好领导工作，一如既往地支持学校教育事业。

全校师生们都在传说我这个校长的大能耐，能从市长手里直接要来资金。大家哪里了解实情呀。可总归有钱了，学校发展、学生环境改善就会快一些，好一些。

最让人高兴的是，对老爸灰了心的儿子已经和同学合伙开了个网上小店，自主创业，而且生意还不错。每月收入甚至超过了我这个高级教师的工资，才让我揪着的心放了下来。

"这小子，懒懒的，还是块经商的料。"我得意地对妻子说。

烟雾缭绕中的老头还是依旧不紧不慢地说："你知道重点明确吗？写一篇文章，画一幅画，都要突出重点，其他内容完全为中心重点而服务。几年前我要给儿子娶媳妇，只要媳妇勤快孝顺，通情达理，这就是中心，与宾客多少，宴席薄厚，彩礼多少关系不大。主是主，次是次，大家都是为了过一个团圆完美的家庭来忙活。可是如果娶来的媳妇不爱家孝老，那这个家就会不幸福，就会偏离轨道，就会……"

一个人的等待

终于完成了最后一抹色彩的涂画，凝重的意境和画家此刻心境如此一致。

旁边的老头都等了将近两个小时了，自己答应这幅画完成之后就卖给老头，代价是老头帮忙邮寄昨天就写好给女友的信。

和相恋快五年的女友共同经营的画廊，不知何种原因竟然能破产。对于一个痴迷于绘画而不懂得经营的画家来说，要想起死而复生是一个多么艰巨的难题。更要命的是女友竟然只能与我同甘，不能共苦。破产后，挥挥手，牵着那个常来买画的秃头胖子绝尘而去，只留下一片云彩。所以，画家就想到了死。人常说，死而复生，也许只有如此，才能在另一个世界继续自己的画作和爱情。

画家从画板上轻轻卸下作品，慢慢地捧起画框，双手从每一条边每一个角依次抚摸。凸凹不平的棱角如同走过的生活，既有坎坎坷坷，也有欢笑和快乐。然后，依依不舍地捧给明显不太耐烦的老头。

旁边的老头因为画家的迟疑磨蹭，不情愿地掏了几颗糖给闹着要回家的孙子，这几颗糖本来晚上要哄宝贝孙子完成幼儿园作业的。显然，计划不如变化快。资源早已用尽，回去又要看儿媳妇的脸色了。

画家当然不会理解老头的处境，只是一味嘱咐老人要如何保护好画作，一定要把信寄给女友。谁知倔强的老头此刻倒不着急，轻轻地在一块石头上磕掉烟锅里的烟灰，用还在发热的铜烟锅头对着画家的画，有模有样地点评起来：

"山水画应当有气势，或风或雨，或阴或晴。总体画面的走向、延续、疏密、变化关系，物象表态等，均能影响画面的气势，要画出气派气势来就是造势。再看看你的画，山无粗狂，水不秀丽，就像晒场上的麦捆零散摆开和邻家几个婆娘拉家常一样。"老头边说，边抽出腰间的烟袋，给烟锅里添上烟末。

"不会吧？"画家惊讶这老头竟然如此评价自己的作品，不解地问。

"画面中各部分景物，相互比较，大小、高矮、宽窄均要适当合理。如有一处比例失调，则会破坏全局。你这图上的女人看不清面目，却占了整个板子的大半，还把身后的山水给盖完了。我们在村里盖房时，就会堂屋、偏屋和过堂分开，各有各的位置。谁摆错了都不行，都会使楼倒房塌，让人笑掉大牙的。"老头说完猛咂了一口旱烟，浓浓地喷出口。

"你怎么能这么说我的画？这可是我相恋多年的女友了，我们马上就要结婚了。你懂画吗？"画家疑问加重。

"那你女人咋就让你记不起眉目呢？"老头反问。

"这……"画家一时语塞。

"先不说别人了，再继续看看你的画。"烟雾缭绕中的老头还是依旧不紧不慢地说，"你知道重点明确吗？写一篇文章，画一幅画，都要突出重点，其他内容完全为中心重点而服务。几年前我要给儿子娶媳妇，只要媳妇勤快孝顺，通情达理，这就是中心，与宾客多少，宴席薄厚，彩礼多少关系不大。主是主，次是次，大家都是为了过一个团圆完美的家庭来忙活。可是如果娶来的媳妇不爱家孝老，那这个家就会不幸福，就会偏离轨道，就会……"

老头似乎觉得话题远了，就又坚定地继续说："在想画的东西中，哪些可以少画或不画的，一定要箩筐筛谷一样，留下小米，吹走浮糠。"

对呀，这老头还是行家呀，可不能叫他看扁了自己。男人一定更要有骨气和勇气。此刻，画家心里的争强好胜之心开始占了上风，寻死殉情之心似乎弱了许多。当然要先探探底再说。

"请问前辈尊姓大名，今天赐教如饮甘泉。"画家貌似谦逊地问。

"前辈称不上，本人免贵姓冒，早就归田三十年了。"老头笑呵呵的，又吐出一口蓝色的烟圈。

"哈哈，小伙子，你功力还欠，再好好琢磨几年吧。不然，就你的这些东西，和田里的嫩苗一样，一抓一大把。"老头抽着他那辛辣浓烈的旱烟，语重心长又不失调侃。

难道是冒辟亮冒老前辈？那可是三十多年前名闻天下的画坛泰斗呀。虽然销声匿迹多年，与这老头的形象差的也不是一点半点。

可真人不可貌相，没见过冒老，谁能肯定就有如此机缘巧遇高人指点呢。

也许老人家不想被外界打扰，只想过世外桃源的生活。

想到此，画家决然地站起身，飞快地收拾好画架、颜料和画作等，深深向老头鞠了一躬，然后道："多谢前辈指教，晚辈回去再好好学习研磨，按照前辈指导，提高作品境界，改日再来拜访求教。"

望着年轻画家离开的坚实步履，老人擦擦即将渗出细汗的额头，心想又劝回了一个年轻生命，这是第五个还是第六个？

村边的这片悬崖呀，你不长庄稼也行，可咋就成了年轻人轻生的天堂呢？

咱的生活比他们差了不知多少，可咋就没有这些荒唐的想法呢？老人思索的神情被儿媳妇那即将飘来的黑恶脸色代替，顿时跌落了许多。

"爷爷，爷爷，你还是个画家呀，快教我画画吧。"小孙子不明白大人们的对话，却捕捉到了爷爷是画家的信息。

"你说爷爷是不是画家？"老人抱起活蹦乱跳的孙子，慢慢站起了就要麻木的腿脚。

"画家？对，就是画家，爷爷的画板就是眼前这一片土地。爷爷可以让它绿，让它红，让它方，让它圆，让它站起来……爷爷在等待，等待什么呢？"

"爷爷是画家喽。"小孙子天真的呼喊和周围的麦浪都好像听懂了老人，随风摆动，瞬间摆成了一幅绿意无垠的画面。

值得一提的是，年轻画家成名后，那幅被老人批判的《一个人的等待》终获国际大奖。

砍　神

嘉丽平时过日子精打细算，逛街购物更是逢买必砍，身上的时尚款式总会比别人有更优惠的折扣。几个闺蜜到饭店吃饭，不论谁买单，只要嘉丽在，总会砍得大堂经理连赠带送，饭钱掏最优惠的价格，还能有免费饮料喝，让大伙都不好意思。总之，买一包洗衣粉能让人送一只发卡，店主还乐呵呵招呼，欢迎下次光临。久而久之，嘉丽就有一个"砍神"的名号，并且在周边迅速传开。

砍神，嘉丽对此绰号不以为是。过日子吗，不细一点抠一点，别人谁会白送你？何况，自己的工资也是辛辛苦苦工作和加班加点换来的。令嘉丽恼火的是丈夫，女人紧衣缩食，分分计较，可丈夫买东西从来都是阔绰大方，人家要多少给多少，到头来零钱还不要。和丈夫逛街，嘉丽刚看上一件衣服，正准备试穿后砍价，丈夫已经把票开好交了费。得，本来能砍到八折的，商场白赚了近三百块，自己就要损失三百块，这个账谁都会算，可丈夫就是不当一回事。因此，两口子没少吵架拌嘴。其实，丈夫担心嘉丽为了砍到八折，浪费的时间、口舌和精力，早就超过了三百块的价值，所以才会先斩后奏。这些心思，嘉丽当然不会懂。

"五一"这天赶上商场促销，嘉丽拖着丈夫买了台洗衣机，不但把价格砍到最低，还拖把、澡巾、肥皂等赠品弄回一大堆。省下的真金白银好几百，两口子还是比较兴奋的。丈夫提出用这些钱带妻子出去吃西餐，把废掉的口舌用烛光晚餐的浪漫换回来。吃饭、散步、看电影，直到很晚才回家。

两人刚走到小区旁的那条巷子时，瞧见昏暗的角落里，有两个年轻人正用刀抵着一个女孩，女孩苦苦哀求着也无济于事。两人顿时明白：遇到抢劫了。

嘉丽吓得拽紧了丈夫的胳膊，准备悄悄躲开，可丈夫却让嘉丽赶快报警，然后不容分说地迎了上去。丈夫见义勇为的行动看来是挡不住了，嘉丽揣着怦怦乱跳的心打了110报警。回过头时，发现那女孩已经走了，而持刀歹徒正挥闪着寒光的匕首向丈夫刺去。啊，嘉丽捂住了双眼，痛苦地瘫倒在地上，昏了过去。

一阵风吹来，唤醒了正在床上躺着的嘉丽。她睁开眼睛，发现丈夫正笑眯眯地看着自己，还用扇子扇着，满眼温柔。嘉丽坐起来，摸着丈夫的脸，拍拍他的肩，捏捏腿，倒是自己浑身汗津津的。

咦，一点伤也没有。难道是自己眼花了。

"你受伤了吗？""没有。"

"歹徒呢？""让警察抓走了。"

"这是咋回事？你到底说说呀。"

嘉丽由于好奇的心思反而有了精神，可丈夫却劝妻子先休息休息。反复催促下，丈夫才道出了实情："我过去观察两个歹徒还很年轻，握刀的手其实一直在颤抖，猜想不是学生就是刚走上社会。勒索女孩的词都是电视上学的，说明他们是第一次做案。而受害女孩从衣着上也能看出她没有多少钱。我就坚决要求两个人放了那女孩，说要钱的话，我这有。他们看到我一个不算高大的男人过来搭话，自然不相信，可也有了犹豫。我说你们逼了半天也没有得到想要的，只能说明女孩也是可怜人，别费心思了，把女孩放了，和我谈谈。也许是天黑人少，见我一个人赤手空拳威胁不大，也许真的说中了歹徒的心思，歹徒还真的放了女孩，并威胁她不要报警。然后晃着匕首围住了我。"说到这，丈夫喝了口水。

"围住你了，然后怎么办？"嘉丽着急地问。

丈夫笑着，继续说："那俩家伙让我拿钱，说要三千，我说三千太多了，给你们三百吧，其中一个说不行。我就苦口婆心地劝说，你们晚上干这事挺不容易的，不会让你们空手走，再加二百，反正我身上就这些钱了。看那两个家伙犹豫着，我接着说，你们拿到钱之后打车往东去郊县，偏僻一些，车费五十，要六十千万别答应那些黑车司机。然后吃顿火锅顶多八十，刚好能找个网吧上通宵，最近CS又出破解版了，比旧版增加了十多款武器和场景。其中一个说CS一个通宵打不过关，每人再加一百，最后只给了六百七十元，钱刚交到他们手里时警察到了。"

"幸好人没事，可三百加两个二百是七百呀，你咋给人六百七十呢？"嘉丽不解地问。

"我说我住得远，打车至少要三十元，否则只能打电话求助警察了。"

"他们同意了吗？"

"同意了。"丈夫慢悠悠地说。"我身上只有七张一百的，他们其中一个就从身上掏出了三十块钱给了我。"

"你接了？""接啦，为啥不接？不然看电影的爆米花钱就落空了。"

"我的天呀，这种情况你都能砍出钱来，看来，你才是真正的'砍神'呀。"

入　学

（一）

叮铃铃，实验中学丁校长新办的卡的手机响了。

"……"

"喂，哪位？"

"是丁校长吗？"对方的女声很紧张，"我是……"

"是阿静吗？"

"我，不不，哎，是的。"话筒中的女声有点底气不足。

"哈哈，我想你一定会给我打电话的。有事吗？我可一直等着你开口呢。"

"丁校长，这有一个学生，想上咱们学校，你看……"

"没问题，只要你发话，我一会儿就给教导处王主任打电话，你直接去办就行了。"没等对方说完，丁校长就爽快地答应了。

"太感谢你了，我都不知道说什么……"对方的声音里激动含着感动。

"谢什么，每年出来躲债的时候，我都会换个新号，今年的号除过主管副市长和教育局长外，就告诉你一个人了。"

"是吗？"

"阿静，我对你可是一片真心，你的事情就是我的事情。以后你可要好好感谢我呀，别再像以前一样拒人千里之外，我还想着咱们俩去浪漫咖啡屋坐坐呢。"

"不了，谢谢校长。"

"谢啥呢，只要你不嫌弃我这个糟老头子，今后学校的政教主任就是你的。咱们自然会有机会单独在一起了，哈哈哈。"丁校长得意地笑了起来。

"……"

"阿静，你的皮肤真白呀，我几次都梦见了。"

"吱——"一阵忙音，女方的电话挂断了。

（二）

叮铃铃，电话响了好一阵子才被接起来。

"喂，老公，好消息，儿子上实验中学的事搞定了。"

"什么，真的吗？亲爱的老婆大人，你可真厉害呀。"

"快说说，你托了哪位大仙的关系，咱家可都是普通工人。"

"当然有关系，这可得托俺爸妈给我取的阿静这个好名字。"女人兴奋地说。

"是这样，上午我第六次在学校门口蹲守等丁校长，恰好有一个年轻漂亮的女老师从学校出来，随手丢下一个字条，被我给捡起来了。"

"那你应该还给人家呀，万一有啥重要内容呢。"

"狗屁，就你给人送水的心好，我也准备给人送回去呢。可是字条上丁能通的名字和一个新电话号码吸引了我。"

"啊？丁能通不就是实验中学丁校长吗？"

"就是呀，瞌睡了有人递枕头的事让咱碰到了。我试着拨通了电话，丁校长把我当成了他的暗恋对象。"

"什么？他对你说什么了？可不能让人家占便宜。"男人急切地追问。

"能有人看上我这个环卫工吗？如果有，我才巴不得呢。哈哈哈。"女人的笑声差点震痛了男人的耳朵。

　　"我刚把孩子的事提出来，人家就答应帮忙了。后来我就热锅下油，到学校给孩子把名报了。"

　　"这真是巧遇呀，亲爱的老婆，你可真有才。不过说回来，没想到一向正直严肃的丁校长是这种人。"

　　"你管人家那闲事，如今当官的都这样，只要儿子上了重点中学就行。晚上咱们下馆子犒劳一下如何？"

　　"没问题，我都两周没肉星了，等送完这两桶水就找地方。"

　　"好，记着到时把儿子叫上，让他也知道这个好事。"

　　"哈哈，哈哈。"

侄 子 到 访

陈辉是农业厅下属二级单位的技术员，和在纺织厂上班的妻子，挤在岳父母生前留下的老房子里。在这五十余平方米的房子生活了快十年，如今孩子要上高中了，房子立刻就显得拥挤，他拉下知识分子高傲的脸面，向厅里申请过多次住房，都未能如愿。

就在妻子为房子的事发了几回火的时候，接到了老家打来的电话，说是老侄子要来城里，准备在家里住上几天。

陈辉这下犯了难，小时候父母走得早，自己是在大嫂的照顾下才能上学、工作直至成家。老侄子其实比自己小不了几岁，小时候一直在一块玩，一起上学。后来我大学毕业找了现在的妻子，也就顺势留在城里。老侄子却执意回到了县上。这几年由于工作忙的原因，很少回家，电话也打得少，只知道老侄子在教育局当一个副科长。现在老侄子要来住，推脱是说不过去的。陈辉就说了许多好话，主动洗衣做饭，扎实表现了一周，妻子才勉强答应。

一个雨天的晚上，老侄子背着一大包竹笋敲开了家门，两腿泥巴，衣服湿淋淋的，说母亲让带给三叔最爱吃的竹笋。陈辉忙问他咋不坐车，说是在小区门口帮一个收破烂的老头推车，弄得一身泥，太不好意思了。

在陈辉家住的这几天里，老侄子每天早出晚归，回来时总是醉醺醺的，弄得满屋子酒气。妻子已经把厌烦渐渐写在了脸上，要不是看在给儿子买了几件玩具的份上，那都是妻子看了好几次都舍不得买的，这个城里女人早就发火了。陈辉背地里好说歹说劝住了妻子，决定好好和这个从小就看着憨傻的老侄子谈谈。

这天晚上，叔侄俩终于能坐下来谈话了。

  陈辉拿出长辈的姿态，语重心长，言明利害地教导了老侄子一回，说家里有啥困难，工作有啥不顺心，尽管告诉老叔呀，别大老远来城里就找人喝闷酒。还说叔在城里混得再不咋样，好歹也有块地方住呀。你有啥事，叔大忙帮不上，小事还是能说上话的，谁让你叔在省城工作呢。

  说这些话的时候，陈辉好像腰杆子硬了许多，自己的尊严也不知从何时间何地方找回了不少。老侄子低头称是，还没心没肺地问陈辉咋就不换个大一点的房子呢。陈辉吊着脸说："叔这是廉洁，有许多人为了办事上门送钱送东西，还怕没大房子住，只不过不能太招摇。"陈辉不假思索地说，觉着千万不能让老侄子看扁。

  几天后，老侄子要回去了。陈辉在送出楼门的时候，发现有一辆锃亮锃亮的奥迪车停在楼下，车里一个文质彬彬的小伙子钻出来，恭恭敬敬、诚惶诚恐地接过老侄子手中的包，还满脸歉意地说自己回来晚了，耽搁了陈县长的工作，请领导批评处罚。

  老侄子说这是自己秘书小吴，因为来城里时，小吴的父亲病危，就把车让给他去奔丧。

  在陈辉惊愕的眼神中，老侄子说这次来和老叔住，想找找当年挤在一个炕头的感觉，可老叔没有让自己如愿。临上车时，老侄子回头淡淡地说，已经给厅里领导打招呼了，老叔的房子问题马上就能解决。毕竟主管副厅长是自己的大学同学，这点人情不会不给的。

  望着一溜烟远去的奥迪轿车，陈辉心里一阵绞痛。

一 张 支 票

(一)

当哀乐响起时，看着老钱瘦弱的脸被白布遮盖起来，林秀还是伤心了。五年多老夫少妻生活，老头对自己爱护有加，是真心。

老头临终前还留下遗嘱，除过远在国外的儿女之外，遗产一分为二，林秀占一半。想到这些，林秀又觉得对不起老头，毕竟自己心中还有一个即将离婚的他。

一切入殓程序简单却又浓重，亲朋好友同事都在为逝者伤心。

突然，有个女人神情落寞地闯进来，凄凉地跪在逝者遗像前，号啕大哭，声音里传来的悲伤，盖过了伤心的亲朋们，也惊落了刚准备掉落第二滴眼泪的林秀。

女人悲痛万分，泪如雨下。

众人不解。

林秀更是惊诧，难道老头还有旧情？

此时，如果有人来争遗产，那可就不划算了。

林秀有了主意，抢在别人前面扶着女人胳膊，附在耳边小声地说："姐，伤心就痛快哭吧，老钱走时也把你牵挂。"

女人哭罢，神情稍有变化后，被领到屋子里边。趁无人注意，林秀迅速掏出一张百万支票，毅然硬塞给女人。

看着女人红着眼，不解却又犹豫地离开，林秀终于长舒一口气。一张小小的支票相比即将继承的大笔财产来说简直九牛一毛，可尽快打发了争遗产的大麻烦才是最重要的。

（二）

红梅默默地拧开家门，实在不愿面对坚决要离婚的老公，直接进了里屋，回想着刚才的场景，实在不解。

上午和负心的老公吵架后，看来自己数十年的婚姻再也无法维持。绝情的男人丝毫不挂念上中学的孩子，决然要离婚。争持不下，红梅才痛苦地摔门而出。漫无目的沿街走着，可坚强的女人又不愿当街痛哭，恰好有家老人去世入殓。哀乐让自己内心苦痛更加重几分，索性跑进灵堂，面对不知名的逝者大哭特哭，心中集聚的苦与痛，悲与伤顿时倾斜，惹得人家家属陪着哭了许多。

后来，一个漂亮的年轻女人在屋子硬塞给我一张纸，把我推了出来。反正哭过了，似乎对老公的背叛愤怒也少了一些。管他呢，这世界谁都能离开谁。你无意，我岂能再多情。

想着想着，疲惫的红梅踢掉鞋子，脱了外衣躺在床上，慢慢进入梦乡。隐约中，老公进来拿了衣服，说再为妻子洗一次衣服，算做个纪念。反正老公除过要离婚，其他家务活都会主动去做。

这次，红梅痛痛快快睡了一个下午，直到放学回家的儿子叫自己吃晚饭，才勉强起身，准备一家三口吃个最后的晚餐。然后，然后，红梅不愿再想下去。

餐桌上，意外的是丈夫多做了几个此前一家人都喜欢吃的菜，还有一瓶红酒，酒已经倒上。丈夫、儿子有说有笑，哪有离婚前的紧张尴尬。

饭后，丈夫对红梅诚恳地认了错，说自己一念之差，差点毁了幸福的三口之家，希望妻子能够原谅自己的鲁莽。

这一天的两次变化，绝情和甜蜜如过山车般，让士气低落的红梅如坐针毡，迷糊好长时间。可晚上老公久违又熟悉的胳膊伸向自己时，红梅还是自觉靠了过去。

毕竟人人希望有个圆满的家。

（三）

想了好多天，汤建还是向妻子提出了离婚。

妻子的反应和想象中一样愤怒，一场吵架在话题后顺利展开，又在妻子的摔门而出结束。

本想追出去，可想着不再维持的婚姻还是停下了脚步。

半天后，红梅回来了，显然哭过了，情况比此前要强许多。她谁都不理，独自进了屋子，不言不声地躺在床上，很快进入梦乡。

习惯做家务的汤健，想着这个有些留恋的家，收拾了一大堆脏衣服，也进屋收妻子刚才身上的脏衣服，进门时分明沾了许多灰尘。

汤建当然也愧对床上的妻子，尽管她任性甚至有些不讲理，可为了自己，为了儿子，为了这个家妻子付出了许多许多。如果不是家外那个女人的纠缠，或者说女人最近得了一笔遗产，许诺会有更好的生活等他，他也不会抛妻弃子，寻找下一段幸福。男人呀，你咋就这么难呢。

汤建内疚着，手里还是习惯性把每件衣服兜里的东西一一掏出来。曾经有次洗衣把单位的重要票据毁了，惹了大麻烦，此后一直有了洗前掏兜的习惯。

妻子的兜里有张支票，天哪，一百万。汤建不敢相信自己的眼睛。

看来红梅也有隐瞒自己的事情，这样分开似乎能减轻自己的愧疚，汤建思量着。

可支票上熟悉的签字却像一把利剑。原来女人是如此狠毒，用公布两人私情要挟自己，还背后用金钱强行收买妻子，面对这样强势的女人，红梅是多么的无助呀。

此刻，汤建脑海有妻子的温柔善良，也有那个女人美貌背后的阴险。

经过短时间的斗争，终于拿起电话，拨通了："林秀，没想到你是如此有心计，算我现在才看清你，咱们完了。"然后坚决挂断了电话，并卸下卡，顺水冲进马桶。

这次电话后，男人终于心静了。

汤建推开门轻轻擦掉妻子疲倦的脸庞那滴还未干涸的眼泪，返身回到厨房准备做一桌丰盛的饭菜，当着就要放学的儿子的面，真诚向妻子认错，挽救因自己一时糊涂差点拆散的家。

老梁的郁闷

梁石开着车往山里走的时候，心情是郁闷的。

后座上妻子的唠叨，就像秋初的蚊虫在耳边飞来飞去，嗡嗡作响，情绪低迷的梁石有几次差点把车开到路沿上去。

梁石夫妻这次出行是临时起意的。新来的领导生生把即将到手的科长帽子戴到了别人头上。

这个别人又是一个背景比石头硬，脾气比瀑布还大的小年轻。对于兢兢业业、任劳任怨十几年、成绩突出的梁石副科长简直来说就是个致命打击。

近期本来有个重要检查，迎检陪检轻车熟路，小菜一碟的工作任务，可梁石就是打不起精神，干脆休年假算了，把这几年浪费的也一起休了。可年轻的科长在紧要时刻，却爽快地同意了他的休假申请，使原本想显显自己重要性的恳求，顷刻化为泡影，心里不失落才怪。

家里，在中学任教的妻子又是一个坚持工作生活化，生活工作化的人，把丈夫当学生一样关心，呼来喝去。习惯了这种有口无心的指使，梁石不当一回事，该咋想咋想，该咋办咋办。在家这些天，除过读书上网看电视，买菜做饭洗衣服，就是吃喝拉撒睡，胡思乱想做恶梦。为了让丈夫散散心，放暑假后，妻子索性把女儿送回父母家，催着梁石到百十公里外的山里换个环境，把不开心的事情忘掉。另外一个原因是，此前的朋友王百万已经邀请过多次。

王百万夫妻十年前在小区门口收破烂，一双儿女跟着父母在垃圾堆里混，吃不饱穿不暖，也没有上学。后来几次照面后，善良的梁石就把王百万的儿女接到自己家里吃饭，还给买衣服穿，又托妻子关系在附近的学校让孩子上了学，有书读。王百万夫妻对梁石一家感恩戴德，帮着干活，还要儿女认梁石夫妻为干爸干妈。梁石两口子不同意，自己还没有孩子就认别人的孩子做干儿女，听起来不好，老人们会说影响梁家下一代的。

后来，王百万少了儿女的牵挂，放开手脚大干，混着混着就由收废品的成了物资回收公司的小老板，再到实业公司的大老板，再到上市公司的董事长。摇身一变成了有钱人，听说两个儿女也都到外地外国读书去了。

慢慢的，有钱人王百万到梁家来的次数少了，可提来的礼物却贵重了许多。送给妻子的一盒化妆品顶得上梁石一个月工资还多，送给梁石的香烟据说是中东版的，见都没见过。梁石有时也想，人家有钱有名有位，两家已不在一个平台上，打扰多了也不太好，毕竟自己只是个普通公务员家庭。更重要的是两家共同语言也越来越少。后来，王百万在山里买了别墅多次邀请，自己只当客套就回绝了。

这次去山里刚好也拜访拜访，联系一下感情。

在妻子无限赞美王百万的啰唆中，终于到了这座占地五六十亩的大别墅前，高门楼大玻璃窗，西式中式混杂的风格显得很气派，也很杂乱。王百万的管家开门迎接了二位。在客厅坐了小半天后，主人王百万才挺着鼓鼓的大肉肚子下楼来招呼，头发湿湿的，显然是刚洗过澡。王百万的老婆也是刚从外面回来，甩掉手中的大包小包，惊讶突然到访的客人后，只淡淡地说了声"来了"，就扭着粗壮的腰肢上楼，说去洗一洗，补补妆。脖子上的链子，比沙发边卧着伸舌头的拉皮犬的项圈还要粗大，直刺梁石两口子的眼。

接下来的交谈中，梁石很关心地询问王家儿女近况，一手拿遥控器不停地按来按去的王百万冷冷地回应："交通大学毕业后又接着读研究生，现在都送出国了。"口气平淡的似乎是去市场随手买了两棵白菜一样轻松。当王百万谈到自己的公司时，却是那么的趾高气扬，信心爆棚，好像事业比风筝飞得还高，每天只剩下数钱玩的无奈。还慢悠悠地说梁石两口子的月工资只够平时一顿简餐，还不带好酒，难念的红酒英文名字，从王百万那沾着韭菜叶的镶金黄牙中蹦出来，十分别扭。

梁氏夫妇很尴尬，后来的餐桌上，当王百万老婆挺着吃人的红嘴拍着身边的名犬喂奶喂肉，还用那只摸过狗的手给梁氏夫妇撕龙虾吃，说："平时你们也没有机会吃，今天就放开肚子，反正后山池子里养了很多，不吃白不吃。"

梁妻火一下子就蹿到嘴边，不顾丈夫的眼神，重重地在桌子上顿了一下筷子："是呀，十年前，你们肯定也没有吃过龙虾、喝过红酒。当然，那时一个拾破烂的如果能有口热饭吃就不错了，哪还敢奢望龙虾美酒……"

在王百万两口子由青变红，由红变紫的脸色中，梁妻拉着自己的丈夫，快速走出了别墅黑暗的阴影，头也不回。

在回来的路上，妻子偎在梁石的胳膊上一动不动，仿佛回到了初恋的季节。

贝贝狗的遭遇

我的名字叫贝贝，是条纯种的贵妇人，这只是名犬的一种。三岁时被送到目前的主人家。

据说我的主人刚戴上人类都称局长的头衔。这头衔还真有魔力，每天都会有一拨又一拨的人登门入室，毕恭毕敬地提着大包小包进来，无一例外的进门先惊讶而又夸张，赞美蜷缩在沙发旁的我的毛发光滑漂亮，模样可爱靓丽。有时还有一只只肉嘟嘟的肥手，或者骨头顶出肉皮瘦的硌背的黑手向我头、背、尾巴摸来，摸得人家怪不舒服的。这个时候，必须窜进卧室，躲避这些黑白肥瘦的手，惊恐地看着来人对我主人夫妇的卑躬屈膝和对我过分的宠爱。

我是一只孤儿犬。在街头流浪时被一位慈祥的老人，也就是现在主人的父亲收留。老人没有老伴，一个人孤独地住在老屋里。老人对我很好，吃穿和他的儿孙一样。因为有了我，屋里才有了久违的欢声笑语。我也积极表现，上蹿下跳，为老人叼洗脚布、捶腿、游戏，尽己所能地逗老人开心。我们相依为命，形影不离。至今觉得和善良的老人相处是多么幸福的时光。

当时我家新女主人好像从农村刚来城里，在什么学校食堂帮工，时常来老人家带一些碎肉骨头什么的，我自然能改善一下伙食。院子里的几条打扮的花里胡哨，吃大鱼大肉的京巴、腊肠、拉皮狗都不和我玩，说我太脏没有地位，是下等狗。其实善良的老人每周会为我洗两次澡的。

哼，不玩就不玩，我自己从破烂堆里拣了个皮球，自娱自乐。

后来，去儿子家住了些时间，老人不习惯每天迎来送往，规劝儿子不要丢了老家的良好家风，做人要低调老实本分，注意影响。儿子一言不发，可怜的老人被儿媳抢白几句后，伤心地甩门而去，听说回老屋去住了。可惜我没有及时跟出去，留在了这里。有次偷听主人夫妻说，怕老人伤心才暂时收留我的，否则早就把我扫地出门了。

我开始真的有点不习惯，可为了有口饭吃，只有听话地窝在沙发边或者墙角，主人高兴时去蹭蹭他的脚，也能获得一些优待。

在主人的局长头衔挂上后，家里每天都有人来和主人谈事情，主客无话时就拿我说事。这时候，乖乖地卧在沙发边打瞌睡的我，仿佛成了高贵的公主，降世的王子，来人赞美之词犹如滔滔江水连绵不绝，弄得主人不时配合着，温柔地摸我的头，好像在主人心中我地位有多高似的。其实，如今已经当了某学校副校长的女主人有好长时间不理我了，她把大量时间花在登记和盘点大包小包大盒小盒的东西上。有几次，我还瞧见她蘸着口水笑眯眯数几沓红红绿绿的纸片。也许没有把我当人类，少了提防的女主人数纸片时是那么兴奋，那么张狂。

至于当时的我，关注有客来时，从大包小包提进门到在茶几沙发上放信封、卡片。但每次来的人都会给我带几包以前做梦都不敢想的奢侈食物，有的包装盒上还有外国文字，哈哈，先享用了再说。有个年轻妇人好像是来人的爱人小某，他们都这样称呼的，为我送来了小马甲、护腿、毛衣，这些人我都认识，是院子里那几只京巴、腊肠、拉皮狗们的主人。这些衣物比它们身上的还要华丽名贵，我当然笑纳。

可是，越来越觉得有什么地方不对，以前我看见肉骨头哪怕是别人不要的，都是那么诱人。现在每天佳肴精食伺候着，除过带外国文字的包装盒外，其他东西一点也提不起食欲，哪怕主人司机带回来的新鲜的没人动过的肉菜。

　　我的体重和腰围成倍增长，连院子里京巴、腊肠、拉皮们殷勤地在窗下邀请我去玩，都没有工夫搭理。这几个乡巴犬，浓妆艳抹，土里土气，想想当初，才不和你们为伍呢。

　　我躺在绒布做的软垫上，喝着汽水牛奶，啃着怪味的外国骨头，听着主人房里传来的笑声和来来往往的脚步声，满意地睡了又醒，醒了还睡。闲了就踱到里屋瞅瞅那越堆越高的盒子，越来越多的烟酒和抽屉里露出的一沓沓红红绿绿的纸，然后和主人一样满足而悠闲地咳嗽几声，暗笑几声。

　　好景不长，有一天主人被几个带徽章大盖帽的人带走，就再也没有回来。

　　过几天，有人开始来家里搬东西，照相、登记、装箱贴条。女主人一改往日的容光焕发，披头散发，眼睛哭得像桃子一样，家里值钱的东西和红绿纸片们基本都被搬走了。值得庆幸的是我的食物和用品还都在墙角，没有人理，没有人问，反正够我享用几周。

　　这些时间里，女主人常常在夜里大哭特哭，白天却又默默无言。好几天了，也没有一个人来安慰。倒是我的老主人——那个善良的老人住了过来，为女主人静静地买菜做饭，打扫卫生，收拾屋子，有时还好言劝说几句。然后回头望望臃肿肥胖、一脸富态的我，老人直摇头。

　　女主人除了哭还是哭，有时我被这种情绪感染了，想上前安慰安慰，女主人顺势抱起我，久违的拥抱加上抽搐，鼻涕泪水抹了一身，可被人家紧紧地抱得差点闭了气，我是如何也挣脱不了的。

　　后来，女主人又外出到学校食堂帮工了。我的那些美味食品很快吃完，没有人再送食品来，女主人也没有太多时间来理我。过些天，善良的老人只好带我回到老屋，生活又回到了原来的轨道。简单的食物，我的体重在下降，皮囊又松垮了，眼眶也塌陷了，血压不断升高。尽管有吃有喝，可我已经不习惯，甚至无法生活了。

终于有一天，我感觉自己要死了，在老人买菜外出之际，我冒着大雨悄悄找到主人的房子前。冰冷的屋门，漆黑的窗沿，院子里京巴、腊肠、拉皮狗们还凑热闹似的跟在后边，得意地汪汪嘶叫，冷言冷语嘲笑。我彻底失望了，最后一丝生存的勇气也没有了，感觉眼睛花了，满天都是刻着外国字的食品和漂亮的花衣服，在眼前飘呀飘……

五百米外的小白花

殡仪馆的哀乐已经响起，幽怨地回荡在满是灰尘和雾霾的天空。

从中巴车、轿车、越野车厢钻出来，还有摩托车、蹦蹦车车座上跳下来的络绎不绝的人们，立马止住正在进行的谈笑风生和手舞足蹈，应和着殡仪馆院子上空徘徊的哀乐和满眼萧杀悲哀的场景，默无声息却又自然有序朝告别大厅走来。门口有人递上一朵小白花，默然挂在每位红蓝绿黑、西装中山装连衣裙灰夹克的衣衫前，张扬着悲哀，收纳着忧伤。

告别大厅中央的棺柩里躺着局里最年轻的副局长，三十多岁。曾经的意气风发，曾经的青春潇洒，可还是被可恶的不治之症夺去鲜活生命。大厅中央"沉痛悼念×××同志"的字样在电子屏的红色里，如血管流动的液体，闪亮又模糊。

"唉，可惜呀。"叹息在人群中不断飘出。

领导致辞是低沉的，同事朋友的眼角是湿润的，逝者妻子父母的号哭是悲伤的，连身边整齐摆放的花环花圈似乎也被沉痛的气氛感染，几张哀悼的挽条在索索抖动，轻轻作响。

追悼仪式后，众人依次鞠躬告别逝者，最后一次瞻仰曾经的领导、同事、朋友遗容，默默为早逝的年轻生命祈祷。

遗体被推进火化炉，花圈被塞进焚烧坑，逝者生前物品、蜡烛、纸钱、纸人等陪葬品一起点火开焚。火焰在家属撕心裂肺的哭声里，在昏黄忧郁的天空下吞噬了遗体、花圈、悼词、纸葬品，也吞噬了亲人朋友痛苦的心。半个多小时后，一盒骨灰推出窗口，落在年轻副局长娇小美丽的妻子怀里。帮忙料理的同事们擦掉无声掉落的泪水，唏嘘不已，悲从心来，念由心生。

有几个索性停下脚步点燃香烟，慨叹加伤感，生命脆弱如云烟，存留不定，祸福存焉。

　　想想生命里，费尽心思地找人托关系赔笑脸，求学求职求岗位求晋升，工资职称住房爱情婚姻，甚至婚外情等，勾心斗角，尔虞我诈，苦追硬拼，寻情钻眼，到头来付出的那么多，收获那么少。未实现的愿望总会让人怨天尤人。生活如此之困，生命如此之累。可到了人生的终点，想想一把荒火，一缕青烟，巴掌大的小匣子里的归宿，对照着年轻副局长前景辉煌却又短暂飘摇的人生，又图了什么？又有何心血再去浪费？

　　四大皆空，生命可贵等字眼，大家此刻脱口而出，都是由心而发的。

　　"算了，回吧。"几个人相互劝慰着坐上车，开出殡仪馆的小坡。

　　殡仪馆前的道路因为大修，恰逢行车高峰，又堵了。几辆私家车左插右挤，使原本就不宽的便道愈加难行。

　　时间一分分过去，堵车依然如旧。看着前面几十盏刺眼的尾灯，冒烟的排气筒，有人耐不住了，开始小声埋怨。不一会儿，大家的怨气似乎都被某种气氛激了起来，纷纷咒骂无能的城建，无良的司机，差劲的工队，此起彼伏。一个人甚至愤怒地摘下刚才在殡仪馆忘了烧掉的小白花，撕成花瓣扔出车外，白花花地落在车前的拥挤车辆间隙。

　　有人提醒上午十点钟省上领导要来检查，必须尽快回去迎接陪同，否则就麻烦大了。

　　有人也慌忙拍着脑袋惊呼，下班前要到劳动局送职称申请表，过了这时间就赶不上今年的最后一次评审了。

　　有人也开始思索今天上午可能发生的宴请和招待……

　　可堵在刚出殡仪馆不到五百米的路上，如何着急也不是办法呀。怎么办？只有想方设法冲出去。反正车是公车，剐擦了不用咱们付费修理。在众人的催促下，司机被这些莫名的聒噪影响，无奈地加重力量，脚下的油门变得深沉，手中的方向盘变得快捷起来，前挪后摆，迅猛的挤上人行道，然后畅快地奔跑起来。

在大家终于松了一口气，欢快地重新谈笑起来时，却忽视了从路边拌合场疾驰而出的水泥罐车。

侧面撞来的庞然大物在刺耳的刹车声中，将车子和众人压在了阴影下。车缝里惊恐的眼神，悲惨的惊叫，在渗出的鲜血小河中逐渐失去色彩。鲜红变成褐红、深红，洇成花的形状，伸向五百米外散落的白色小花。

抢　　劫

夜幕在焦躁的街灯下拉开了。

这棵大树倔强地竖立在新修的城区大道旁。建设者花高价钱从山里移栽过来的大树，没想到最大的功用是晚上可以藏一个人，阔阔绰绰，好像比不远处林立的脚手架有用得多。

已经在这颗大树后蹲守了几个晚上，那把菜刀插在背后硌得生疼，几个嗡嗡作响的蚊子不断过来骚扰，只有树旁边的电杆上一个红疙瘩闪着光。牛二咽了一口唾沫，心想，如果不是家里上初中的老三又要交学费，也不会蹲在这里忍受心理和肉体的煎熬，这鬼学校不是说免学杂费了吗？咋动不动就要钱。

终于又到十一点了，微微的夜风吹向干涩的眼睛。再没机会的话，看来又要白守了。

几分钟后，幸运的牛二还是发现有人影过来，从身形和影子判断绝对是个女人。好，女人最好下手，离大树有不到十步远了，再不出手就没有机会了。牛二默默感谢上天的赐予，抽出背后的菜刀，一道寒光在夜色下竟然耀了眼睛。

动作很简单，当牛二举起菜刀时，女人的身影怔住了，一声"呀"字还没有发出多久，只三五秒，女人手里的包就背在了牛二的肩上。

回转身，牛二边跑边想，抢劫原来这么简单，害得老子在树后受了好几个晚上的活罪。

接下来很简单，牛二从包里搜出一沓钞票寄回了家，包和包里的东西一件没动地扔在垃圾桶边。他想，也许有清洁工会捡到交给警察，然后交还失主。报纸一般都是这么说的，牛二还是从工地门卫室电视机里看到的。

一天后，牛二还从门卫翻看的报纸上了解到，昨天在世纪西路有人被抢劫，警察根据作案现场的监控器已初步确定了案犯。"监控器就是一个这么大的疙瘩，挂在电杆上，晚上泛着红光。"门卫用手比画着，不屑地解释给牛二听。

怪不得警察消息这么灵通，牛二有些着急。

报纸上说被抢的女人也是可怜人，一晚上借了几家亲戚，才凑够给婆婆做心脏搭桥手术的钱。因为钱被坏蛋抢走了，影响了手术时间，差点要了一条命。

从工地被警察拷走的牛二，得知消息后第一时间想到了家里的母亲，觉得自己做了件老天难容的坏事，觉得心里绞痛。想到村里人的唾弃的眼神，想到母亲妻子失望的痛苦，仿佛那些冷光比手上的镣铐还要寒冷数倍。监狱的铁窗折磨着牛二的心，世界的末日就要来临了吗？

此刻，一把黑洞洞枪管已经指向自己，那颗惩罚罪恶的子弹快要袭过来了……

"啊"的一声，牛二从梦中惊醒，斜靠在树干上的身子倒在了地上。眼前一个模糊的身影逐渐变得清晰，原来是被自己抢劫的女人，她的手正伸向自己，妈呀，报应来了。

牛二想，可千万不能让她抓住我，否则自己会被撕成碎片的。

牛二一个骨碌翻起身，跑了，背后插着的菜刀掉了也顾不上捡。

黑夜里，女人的身影竟也说话了："这人咋了，好像鬼上身了一样。"然后捡起地上的菜刀，幽幽地自言自语："这是本月捡到的第四把了，要不是这几天晚上盯得紧，这人可能……"

"算了，回家吧，自己都快要开菜刀铺了。"那黑影说。

手术进行时

市二院的骨科主任医师林忠边走边擦额头的汗水，匆忙走向手术室。

午饭刚简单吃了几口，就被院里电话催促。又一起车祸，伤者已被送进医院，正躺在手术室等着他这个权威做手术。

麻醉包、止血钳、手术刀和值班医生、护士等都准备停当。林忠飞快赶到手术室，消毒，换手术服、手套、口罩，在认真看过伤者的CT片子后，和身边助手短暂几句商量，果断决定进行椎体手术，取出伤者腰部的碎片。

手术进行了一个多小时，为了不影响病人身体，林忠要求麻醉师实施局部麻醉。手术操作中，林忠还不时和伤者交谈，说一些笑话，分散伤者注意力。并告诫他这只是普通手术，无后顾之忧，在病床躺一周就可以了。并说你得感谢上帝对你的仁慈，大难不死必有后福等等宽心的话。

看着乐观的医生，病人信心大增，手术顺利进行，并很快有了思维意识。慢慢和医生对话，缓缓地讲述着车祸的缘由。

自己赶时间送一批货给公司，其实不用那么着急，因为约好的女朋友下午三点来见面。可为了能挤出时间挑选一份礼物，博得那个势利女孩的心，才有了加速前行的动力。急忙赶路中，不想在实验小学附近十字路口闯了红灯，为了躲避那位送孙子上学的老人，撞到了防护栏杆，幸好速度不是太快，只被方向盘夹住了大腿，驾驶室撞坏的碎片飞起来扎进腰部。

"还好，没有撞人，真是万幸呀。"林忠手中的手术刀没有丝毫停顿，从口罩后面推出宽心的话语却很顺势。

病人的眼中闪过一丝侥幸，又突然变暗。

"但车辆的后轮还是挂到了老人，从后视镜上看到，在车轮扫过来之前，老人奋力地推开了小孙子。"病人这时候有些哽咽。

"不用着急，慢点说。"看病人由于激动，伤口上加速喷出的鲜血，林忠再次提醒。

"要不是我太心急，就不会给老人家和他的孙子造成伤害，我真后悔呀。"

林忠一边细心地忙着手中的镊子，一边忙劝病人："只要生命存在，一切都来得及补偿。来时，医院已经把受伤的老人安排在隔壁手术室，相信他也会很快好起来的。"一旁的助手、护士们边配合主任的手术节奏，边轻声附和，安慰伤者。

"可是，那穿着棕色毛衣的老人倒在血泊里，还微弱地喊着'亮亮'，推开孙子的手一直在举着……我现在眼前全是老人惊恐的眼神和推开孙子的决绝。"伤者还在自悔中。

"呀！"听到病人这句微弱的忏悔之言，林忠的眉毛立马微微蹙起，一个惊讶之词从心底迸出，着重的叹词却只有自己感觉得到。

此时，手中的动作明显慢了许多。有几次手术刀都已开始晃动，可暂短停顿之后，又恢复了正常。一旁的助手和护士忙碌着，紧盯伤者的伤口和手术台边的仪器上来回波动的曲线，都没有发现林主任湿透的手术服下，细微的神情和动作变化。

接下来的一个多小时时间里，林忠似乎度过了半个世纪。当他像以往一样成功地为病人缝上最后一道缝合线后，他长长地出了口气。此时，满额的汗水顺着脸颊流到胸膛，后背的手术服洇湿的面积更大更多。

林主任成功地保住了受伤司机的腿，助手在一边兴奋地告诉同事们，也告知手术台上孱弱的病人。

当同事们都准备庆贺和分享林忠手术成功的喜悦时，林忠却来不及脱掉身上浸湿的手术服，飞快地冲出手术室，跑向隔壁的手术室。

"爸，我来了，你可一定要挺过来呀。"手术室外是惊恐的妻子和眼睛都哭红的儿子，林忠跪倒在了隔壁手术室前……

电话的力量

终于找到并记住了这个号码，希望这个号码能为我的未来带来希望。

出门前，我涂脂抹粉，穿戴靓丽，然后照照镜子。

不错，美人一个。我每天都会如此，习惯性地对着镜子赞叹。

来到了城建局，不费周折找到局长办公室。"牛局长，最近城东的工程项目能否照顾一下，我和我家人会不胜感激。"我强调了家人二字。

牛局长放下手中的老板杯，对不请自入的美女没有客气，非常恼火地说："项目申报按程序走，择优选择。你是咋闯进来的？有没有登记？出去吧。"一连串的质问，并顺势做出了请的手势。

我见怪不怪，不慌不忙，当面拿出手机并拨通："闫群呀，牛局长非常有原则，是个好同志。另外，顺便告诉老单，我的项目黄了，回家找他算账。"然后斜了一眼似乎有些猜疑的牛局长，迈出办公室。

刚出门没有三分钟，刚才还一本正经的牛局长满脸堆笑地追了出来，好言相劝，还信誓旦旦地立刻把项目给了我，而且短时间办好所有手续。

几周后，这个项目审批单，在几个如苍蝇般嗡嗡转的老板们的争夺中，择高价一转手，我的手机短信提示，有六位数进账。

哈哈，佩服小女子吧。

按照以往，除过化妆品，出租车费外，我一分不留寄给了希望工程。

第二次，我找的是郊区秦区长。想参与实验中学教学楼建设，差点也被人家赶了出来，要不是本人花容月貌，人家都要找保安。

我当时依然处惊不乱，泰然地坐在沙发上拨通了电话："闫群吗？老单在吗？我在秦区长办公室被人要赶出来了。"说完，气呼呼挂上电话，整理挎包，准备出门。

我其实已经察觉到秦区长观察我的神情如鹰隼一般，久经沙场的我不怕。

不出所料，秦区长立刻从办公桌后钻出来，拦住起身要走的我，嬉笑着赔错，并答应我的想法可以考虑。

这次，我的项目又在市场上带来了不菲要价，后续的是换来了山区一所教学楼的匿名捐赠。

第三次，黄县长的路灯项目的利润，我扶助了三十个贫困大学生。第四次，教育局长帮我把在乡下教书的小学恩师调进重点中学，让两地分离的刘老师变成了团圆之家。第五次，市城投公司老总出资为老家村里修了村道和水塔……

我每次做完一件善事，总会留下一样票据。当然，票据上分别有城建局、水利局、教育局、郊区政府……一长串的机关、事业单位、国企的印章。

当然，我在暗地里也常常为这些局长主任老总老板们的"配合"庆幸，咱也不是没有良心的人。我会在暗夜里双手合十，面对青空默念他们的名字，祝他们今后仕途顺利，好人一生平安。呵呵，为自己的举动有了慰藉。

直到有一天，一拨人找到我，亮证亮牌，审查盘问，登记画押，直到看到我手中摇动的，盖着希望小学、养老院和希望工程大红章的发票、收款单据时，才悄悄对我说，此事就当没有发生过。但你必须离开此地，否则，后边的话好怕人的。

我当然听他们的话,离开这个地方,就像上周调走的那个姓单的市委书记,以及时常出现在我电话和口头上的那个从没谋面的名叫闫群的书记秘书。

走就走,咱小女子孤身一人,还怕查吗?姑娘我正好挪个地方旅旅游。

下一站,我计划去沿海发达的滨江市。那个市长的电话和情人的名字,已经有人发过来了,后边还有几个省会城市的……

怎么样,人家今后还大有可为呀。

哼,你们爱信不信。

清　明

　　清明前几天傍晚，下了多时的雨，丝毫没有停的意思，路面湿滑。

　　酒桌上，空啤酒瓶已经不少了，几个朋友都寻思着要回家扫墓。他却戏谑说："咱家里父母健在，岳父母也安康，无墓可扫。"可大家离开后也觉得一个人无聊，想想好长时间没有回老家了。

　　他开着车从城里出发往回走。清明节了，大家都忙着奔走，路上幸好没碰见交警查车。前面的水坑多了起来，泥水和酒气一样发酵，溅满了车窗玻璃，雨刷开始配合现在不听指挥的胳膊，有些缓慢。

　　快到镇上的时候，车前有一老人的身影突然出现在路上，老远使劲摁下喇叭，老人才慢慢离开道路。

　　这老头也太不长眼了，清明节里要寻找最后的归宿吗？他为自己的这个满意的恶咒，笑出声来。

　　想谁来谁，可车辆竟鬼使神差地向老人奔去。急忙左打方向盘，透过还未刷干净的前挡风看见老人往左边赶，紧急之下，又往右打方向，老人还是跟过来。

　　"找死呀，老头。"嘴上骂着，脚下的油门不由得沉下去。

　　"嗵"的一声闷响，车撞了老人后，在前面的一个水泥横梁上裂开了花。他身子一紧，脑袋一木，昏死过去。

　　……

　　一周后，缠着绷带的他跪在父亲的坟前，痛苦万分："爸呀，都是我不孝呀。可你咋就要站在车前呢？"

　　一旁大声号哭的母亲颤抖着声音："你大半年没有回家了，你爸……你爸每天都在镇子前的道路上……等你。前段时间修路留下的石子堆和水泥梁……没有清理，你爸……你爸怕你开车太快……万一出事故，就在那里等你，好提醒你……”

"爸呀。"他哭昏过去。

田野上的小花在清明的新坟前微微摇晃。

棋　霸

下午六点半，小区超市门前，棋摊如期开张。

里边坐一圈，外边站一圈，还有几个在外面伸长脖子往里瞅。

烟雾缭绕，争吵不断。

其中，声音最高，坐得最宽，手腕金表亮光闪闪，熏黄的双指缝里，夹着的"中华"香烟，吸一半，自燃一半的人就是小区著名的"棋霸"。

"棋霸"的霸道历历可数，你看：

"棋霸"一霸是时间霸道。长期占据棋桌，早上在，下午在，傍晚还在，无论输赢，总是自己的战场。只要他在，不论输赢，别人再眼馋手痒，都别想沾象棋的边。只有在"棋霸"身边看着人家表演，楚河沙场秋点兵，汉界城前摆征战。

"棋霸"二霸是棋风霸道。上了桌开盘厮杀，自己可以任意横行，悔棋、拖延，认为考虑不周，总有理由千万。对手不许悔棋，否则，整段时间都是他的指责和刁难，说你手臭棋烂水平不行，说你战术老旧目标稀松，扰得对手心烦意乱，丢了心情，输了棋盘。大多棋友都是饭后闲暇图个乐子，不愿为盘棋争执，觉得对弈怡情就行，何必太较真。这也就助长了"棋霸"的棋风。

"棋霸"三霸是棋艺霸道。下棋时，打电话，喝茶，抽烟，擤鼻，吐痰。手上不停，嘴上笑话不断。你刚举棋落子，他就喊停，立马下手，马踩炮，卒吃象，车闯营，让你手忙脚乱。种种心思，千般手段，谁上桌，都会不胜其烦，短时间里乱了方寸。自然"棋霸"会胜多输少，逢人便讲自己小区老大。

如此霸道，可总归饭后闲暇太多。小区人都爱凑堆堆，因此棋摊人声鼎沸，热闹非凡。棋友和看热闹的尽管对"棋霸"不满，可也抵不住气氛总是往前凑，所以"棋霸"宣传市场还算广泛。

久而久之，和"棋霸"对弈的自然越来越少，大家没有了兴趣。没有了对手的"棋霸"遂在小区内夸下海口："谁能赢咱一盘棋，手上金表奉送。输者，一包烟送来即可。"

当然有好事者觊觎"棋霸"腕上手表，也有愤怒之人想灭灭"棋霸"威风。可有上面三条霸道棋风作陪，一般人上阵都是上来四个，砍杀两对。连连摆擂三日，有五人输了香烟，五人握手言和。

看来，只有国手级别的人才能教训"棋霸"了，有人这样想。

某日，一个口叼棒棒糖的十岁小孩，可能是隔壁小区的小学生，胸前红领巾在脖子上套得正红。看了三盘棋后，怯怯地问："叔叔，我可以下一盘吗。"

大伙都笑初生牛犊不怕虎，鼓励小孩回家向爸妈要钱买烟，再上棋盘。

不想小孩从兜里掏出五十元，说："我的压岁钱可以吗？"

在围观人群的怂恿下，"棋霸"声明为了娱乐，让孩子车马炮，可精灵古怪的小孩却言，要让棋子就不应战。还嘲笑大人们太小看小孩，说棋盘面前人人平等，否则云云。说得"棋霸"哑口无言。

大家都期盼地看"棋霸"，这种露脸的机会千载难逢，"棋霸"讪笑道："小家伙，看你有多大能耐，来来，伯伯今天心情好，就当免费上课了。"

"谁让你上课了，话别先说。"小家伙也不示弱。

"棋霸"立刻新摆黑红子，准备肆意杀戮挑战人。

开始迎战。当头炮，连环马，出车，攻兵……

　　前半段，棋霸作风剽悍，长驱直入，以一车之力擒下小孩双马一炮，似乎稳操胜券。

　　小孩如弥勒般痴痴发笑，边吃糖边推卒进炮，调马布象，回防反攻，游刃有余，稳阵不乱。

　　几个攻伐交织下来，场面大变，从"棋霸"微微颤抖的手上、额头已经渗出的汗水上可以看出危险。

　　终于，一个卒推倒大营，将死。

　　小孩单卒擒帅，漂亮。高手呀。拳怕少壮吗等等……

　　周围一片惊呼声、赞叹声。

　　在大伙掌声和唏嘘中，小孩站起身，抓过"棋霸"久久不愿松手的金表，深深鞠个躬，然后蹦跳而去。

　　"棋霸"此时面目全灰，呆若木鸡。

　　从此以后，"棋霸"消失在小区。

手 机 时 代

自从有了手机，也学习周边朋友赶时髦，加这加那，孜孜不倦。

晚上捧着手机刷微博、读微信、进群聊，订阅诸多公众号，往往到十一点才睡觉，又因内容精彩兴奋叨扰，直到午夜才能入眠。脖子和腰背酸痛，上班也提不起精神，依次往返。

屡受其害后，也在妻子女儿的强烈抗议下，我决定戒掉"手机病"。就在朋友群里发了句"烦，烦，真是烦，必须下个狠手，才能解决"，给自己立个誓言。

当晚，手机一直嘟嘟地提示有短讯，扰得老婆指责不断，刚立下誓言正待检验的紧要节点，不能半途而废，我索性不看。

早上上班，刚进办公楼，门卫老王就挡住我，神秘地说："领导，前天没有给您报纸是因为邮局来的新邮递员，把报纸错送给其他领导了，又不好意思改正。呵呵，请您千万不要记在心上。"

言辞恳切，毕恭毕敬。我一头雾水。

楼道里，酒友兼铁哥们华子拽着胳膊，愤愤道："兄弟，不就一顿饭吗？至于烦恼成这个样子，大不了下次我请。"这家伙，吃错什么药了？

似乎我就小气到家了。莫名其妙。

走进办公室，科里刘姐也关切问："科长，最近和弟妹吵架了？嗯，女人嘛，总是有很多想法和期望，甭管，过几天就好。你姐我是过来人，知道女人的通病。"

好像我真和妻子吵了多大的架，受了多大的委屈。反正，一大通"教导"让我有口难辩。

桌前电话铃响，接通后，大学同学老七声音传来："老三，不要老惦记升职的事，心态放平和，只要踏实工作，领导会看得见。哈哈，兄弟还是那句话，不给局长'意思意思'，领导就不会让你有意思……"

"你烦不烦。"我直接回击道。数句啰唆，直接挂了电话。看着几个同事投来的狐疑，尴尬不已。

下班前，分管局长竟也"顺道"和我走在一起，自言自语："年轻人，还是要向前看，是金子总会发光的。"

什么情况？我感觉领导的指责有些隐晦，可脸颊有点明显发热。

回家后，又有短信传来："心情放宽，如果需要，记着呼我，随时过来。"

妈呀，初恋情人咋还有这分闲情逸致，幸亏没有被老婆发现。

接下来，小学同学、中学同学、邻居老张、牌友……通过不同方式发来关注，似乎咱马上要入土为安。真是百口莫辩。

直到我删了微信、微博，退出朋友圈，为了澄清自己清白，摆酒几桌，数次道歉，方才作罢。

这手机时代，真烦。

好 事 坏 事

明杰是个天生的乐天派，遇上糟心的事他会说未必不是好事。碰见高兴的事情却又不无顾虑地说，也许这是坏事，让人摸不着头脑。

这天，公司订单产品刚开始生产不久，核心机器却出故障了。公司上下只得抽调技术力量集中攻关，维修设备，并校对了部分数据。维修期间，工人们不能工作，都在一边着急等待，可正在埋头修理机器的明杰却转过头，笑呵呵地安慰大家："不要着急，大家不刚好有了忙中偷闲的时机吗？"还自言自语说这未必不是好事。正好被急急忙忙从外地赶回来的秦总听见，顿时火冒三丈，这一耽误，工期肯定赶不上，公司要承担多大损失，明杰还幸灾乐祸。要不是这家伙是技术骨干，真想开了他。

尽管工人们日夜加班加点，最后总算做完订单产品，可还是误了一天工期。在等待客户追责的间隙，秦总义无反顾地调明杰去了仓库做管理员。

几天后，客户上门致谢。大伙都被蒙在鼓里的时候，客户销售经理才告知了缘由。原来这批产品设计数据有漏洞，因为时间紧迫被技术人员忽略，产品如果面市必定会影响功能使用，公司品牌必然受到巨大损失。其他供货公司都按原设计生产，自然都是残次品，导致的损失当然要他们来赔。只有秦总的公司不为原始数据所囿，坚持技术改造，产品过硬，避免了更大的损失。原来如此，令大家更高兴的是对方当场表态，今后的所有订单都交给贵公司来生产。

秦总非常激动："这批订单完成，公司利润将会翻上几番，而且独家生产，此前那些嚣张的竞争对手只能躲在角落破产。哈哈，真是痛快，本月奖金增加10%。"工人们听了欢声震天。

　　此时，秦总突然想起，似乎有些对不住钻在仓库中"思过"的明杰。

　　在仓库找到正在屋角干活的明杰，秦总诚恳道歉，说自己太武断。

　　明杰没有抱怨，却提醒老板订单多了也许是坏事。正开心的老板自然没有把他的话放在心上，只当玩笑而已。

　　果然，订单多了，任务重了，公司人力不足，机器设备等欠缺，跟不上进度。如果不能按期完成新的大量订单，按合同约定，误了工期仍然会有赔偿风险。

　　秦总焦头烂额时，明杰笑嘻嘻地一身油渍地从车间跑来，说这也许是好事。

　　"什么好事？这家伙又说风凉话。"秦总暗自思量。可等明杰趴在耳边说完，秦总才慌然大悟，立刻安排人手行动。

　　短时间内，此前因瑕疵产品导致经营无法运转的、频临破产的竞争对手公司，他们的技术工人和设备都被秦总派人低价或买或租过来，不经调试环节，直接上马，货品才如期交货。一边客户竖大拇指赞扬秦总守合同重信誉，另一边几家竞争公司老总还连连感谢，说秦总够义气，危难之中救了兄弟。

　　看着财务报表上利润上涨的数字，秦总兴奋得都有些哆嗦了，原本雄图大略十年励志磨剑的功夫，在明杰指点下竟然一周内就完成了，哈哈哈，走路都轻飘飘的。这不，一不小心从楼梯上摔了下来造成骨折。真是乐极生悲呀。

　　躺在医院的病床上，秦总痛定思痛，担心自己的病情，又担心群龙无首，为公司运转担忧。此刻，多么希望明杰那张极讨厌又亲切的笑脸出现，说不定会有转机。果然，病房门打开，那张笑脸提着水果走了进来，高兴道："祝贺老板，终于有时间休息。修身养性才会来日方长呀。还是老话，伤病未必不是好事。"

又来了，都躺床上了，还祝贺，这家伙是不是有毛病呀。秦总扭曲的脸色开始变暗。问到公司目前情况，明杰如实相告一切正常，这才让病人放下了心。

数周后，秦总出院，却意外发现妻子卷了钱财和情人跑了，还真让明杰这张臭嘴说中了。

秦总恨不得杀了这对狗男女方才解气，慨叹自己多年夫妻感情，竟然不抵一个小白脸。可多年前暗恋的女同学，此时却默默来到身边，填补这份久违的情感空白。拥着熟悉却又期盼的身体，凝视这张多次梦中出现的脸，秦总总算体会到明杰话中的含意，走了薄情，换来真爱，的确是件好事呀。

一周后，正当秦总和爱人携手走进教堂，开始幸福新生活时，祝贺的人群中，那张让人欢喜又让人讨厌的笑脸若隐若现。

秦总瞅到后，想起明杰好事坏事的预先判断，知道美满爱情前面也许会有坏事出现。谁能经受这些突如其来的大喜大落。天呀，再也经不起折腾的新郎竟然向后一倒，在众人惊呼声中，昏了过去……

倒霉的快递员

华天大厦外，快递员大龙刚给客户送了包裹下来。

天气又热又燥，他打开车厢取出水杯想润润快要冒烟的喉咙，不巧杯子里早已空无一滴，无奈的大龙只好摇着头。这个巷道周围竟然一个卖水的商店都没有，大龙只好用舌头舔舔干裂的嘴唇。

"收快递吗？"有声音从准备离开的大龙背后传来。"收呀。"大龙习惯性地答道。不知啥时间，一个满脸堆笑的中年人站在身后，手里抱着一个大纸箱子。

快递员都喜欢收包裹，因为收要比送程序简单。送一趟快递你必须分拣、装车、上路、电话联系、等待客户、核对证件、签收，各个环节缺一不可。收包裹只需客户填写快递单，随车返回往公司一交，挣的计件费用一样多，还是顺路的事，不用专门跑。上门的客户自然不能推脱，尽管此时的大龙喝水的欲望要比挣钱强烈。大龙立即取出空白单据，准备填写。

"辛苦辛苦，不着急。"中年人关心地说："小伙子挺敬业的，大热天跑来跑去，喝瓶水缓一下。"说着递过来一瓶农夫山泉。

这真是雪中送炭呀，渴极了的大龙很感激中年人的温馨话语，更感激他递过来的这瓶"救命"的水。自己平日里风里来雨里去，头顶烈日，身披雪霜，上楼下楼，抬包扛箱，只要客户不投诉就是最好的愿望，哪有人说过这样暖心的话。还在最关键的时候送来宝贝，对，此时的水就是宝贝。

收回心思的大龙接过水瓶顾不上道声谢，拧开盖子，一口气灌下半瓶水，抹抹嘴角的水滴，痛快呀。一边的中年人显然不着急，询问大龙每天送多少件包裹，收多少快递，工资高不高，家里还有什么人等一大串问题，因为喝了人家的水，就不能嫌人家啰唆，因为父母整天唠叨才出门找的这份工作，显然这人和父母是同一类，爱心泛滥型的。大龙暗想，但也如实回答中年人有点热情的询问，还畅想了挣钱后美好的愿景。

说话间隙的大龙有些眼皮打架，脑袋发沉，是不是太累了？眼前的人影逐渐模糊、虚幻、变黑，大龙就这样靠着车厢睡了过去。醒来后，中年人和他的大箱子早已不见踪影，回过头令大龙惊呆的是车厢里还未送出的十部手机也不翼而飞。他感觉到此时天昏地暗，双腿发软。

晚上回公司后，大龙向经理叙说了受骗经历，并想着要报警。"报个屁呀。"满脸狐疑的经理训斥道，"一旦报警，警察来调查丢快递的事，传出去，哪还有客户敢找你邮递快递呀，真是猪脑子。"

看在大龙平日勤勤恳恳任劳任怨的表现上，最后商定，丢失的手机公司和大龙本人分担赔偿，此事才算有了交代。回到租住屋的小伙子伤心不已，他妈的倒霉透了，咋就不提防那个笑脸的骗子加混蛋。又为自己的轻信自责。不如辞了这担惊受怕的差事，避免今后的风险。

第二天，大龙还是准时到公司上班，因为赔偿手机的钱除了扣本月工资，还得再干三月才能还完。有了教训的大龙工作中万分小心，尽量不和客户多说话，更不敢接人家递过来的任何入口的东西。

这段时间有些无人签收的包裹，据据确实也是电脑和手机之类的数码产品。倒霉时期的大龙有一次把东西背回住处，计划转卖后填上赔款的损失，然后一走了之。可晚上抱着不属于自己的东西老做噩梦，仿佛有无数毒蛇吞噬着双手，吓醒后的小伙子还是老实地交回无人包裹。"咱没这命呀。"大龙慨叹道。

接下来的时间，勤恳小心的大龙总是先把贵重的包裹先行送完，才送其他价值较少的包裹。哪怕多跑一些路，直到每天车厢空空，所有手续交完才安心入睡。

这天，又站在华天大厦门外，好在炎热的天里，大龙提前准备，带了两大杯水，避免伤心的故事重演。第一个电话拨通后不久，通知的客户很快就到了车厢前。是个漂亮甜美的姑娘，双眼水汪汪的，姑娘很着急的样子，口中催着大龙："帅哥，能不能快点，我要出差，差点赶不上收电脑包裹了，谢谢你呀。"

听着姑娘顺耳的称呼，呼吸随风传过来的香气，大龙心里一颤。对，不能误了美女行程，连忙把手中的电脑包递过去。姑娘龙飞凤舞地签单后，抱着包裹向大龙抛了个媚眼后，招手打车。坐进车厢的姑娘还不忘朝大龙一个飞吻。

大庭广众之下，这姑娘也太那啥了，大龙不好意思地红了脸。这时候，从楼里出来位戴眼镜的女人，朝大龙要签收电脑包裹。"不是已经有人签收过了吗？"大龙疑惑地问。

"不会搞错吧。"女人不解道，"刚才接过电话后我送走了客人，耽搁了几分钟。没有让人替我签收呀，不信的话，你看，这是我的身份证。"

接过和快递单上同样姓名的身份证，大龙瘫坐在地上，妈呀，又受骗了。

生 活 质 量

"又是这几个老样子的菜，你就不会整点有质量的菜？"看着桌前的牛奶、馒头、土豆丝和一盘苹果、梨、黄瓜等组成的果盘，女人生气地斥责丈夫。

正对着窗外阳光明媚鸟语花香的四月，在案头忙碌的丈夫在习惯性的餐前训诫中，皱了皱眉头，没有言语。

丈夫走进房子，拍拍赖床的儿子。唤他起床后，快速整理好桌子上的书本、笔、橡皮、酸奶盒、几个小玩具，还有今天要换洗的衣服，迅速放进洗衣机。

"和你这样的人生活起来真是没有质量，我们单位那谁顿顿不重样，餐餐都是美味佳肴。哪像你，整天吃这些没营养的东西……"餐厅里女人的唠叨显然没能阻止丈夫手中的忙活。

拉开阳台的窗户，让春天的晨风进来，换掉一屋子的杂味。

床上的被子三下五除二被叠得方方正正，吃剩的苹果核、草莓蒂，一团卫生纸和用过的面膜被扔进了垃圾筐。五六件早上刚洗过没上身的衣服裤子、袜子很快被男人整理，搁进了衣柜。收拾好梳妆台上的化妆品，合上那本《王妃传》，细心的男人把前几天采集的枫叶夹在妻子昨晚看的书页中，摆在已换了新枕巾的枕头旁。然后转身束紧窗帘，用笤帚轻轻扫落女人落下的数根头发。

这几天掉发好像比前一段时间多了，看来得买些芝麻和枣，听人说这两样对女人头发有好处。男人手中不停，心里也在合计着。

"宝贝，快点洗漱，上学该迟到了。"男人轻轻砸了砸卫生间的门，知道磨蹭的小家伙又借机蹲在马桶上迷瞪。待听见儿子起身刷牙的声响后，男人此刻才记起早上还没有喝水。

走到饮水机旁兑了三杯温水，两杯送到餐厅给妻子和儿子，一杯三两口下肚。痛快！

他又弯下身，把沙发上的遥控器、零食袋、儿子的臭袜子归整到该去的地方。合上茶几上的水果盘、水杯，把小垃圾盒里的垃圾袋换掉，用抹布抹了几把茶几。一看时间，七点一刻了。

此时，儿子已经坐在餐桌边捧起了牛奶杯。唉，差点忘了。男人连忙迈进儿子房间，把书包和要带的葫芦丝、红领巾、帽子检查一遍，提出来，哇，书包这么重，这不把宝贝儿子的小肩膀压坏吗，现在的学校咋就这么多东西呀？男人心里有些不满，可又不想破坏早晨温馨的空气。把儿子一应物品摆在门口，还不忘给保温杯里灌满温开水，给书包悄悄塞个香蕉。

餐桌边，妻子已勉强吃完早饭，准备穿衣出门。男人赶快过去倾听边吃饭边讲述校园趣事的儿子。因为妻子会准时"早课"："又没有鞋穿了；这身衣服不知道会不会被同事笑话；该不该戴新买的项链；你擦的鞋子还有灰，干啥都不认真；也不知道一天在单位咋混的……"男人已经对妻子面对满柜子的衣服鞋子还没有满意的选择习以为常，这是出门前的常态。现在，千万不要接话，或者回一句嘴，那会有更多的"窝囊""丢人"等词语砸过来，让原本清澈的生活之水瞬间变得浑浊。

当然，有几次男人还是不客气地回击了唠叨女人。她在言语中竟然指责了男人的父母，这是原则问题。如果不反驳，会让女人以为啥话都可以说。

催促声中，儿子终于把剩下的馒头塞进嘴里，赶到门口换鞋、穿校服。出门前，背着像座山的书包，儿子还不忘过来亲了一口，以表示对爸爸奉献和忍耐的支持。

"没良心的东西，就想着你爸。"妻子嗔怒，等儿子在脸上啄了一下后才高兴地出门。

终于清净了,男人坐下来,喝完有些冰凉的牛奶,盘子里剩下的水果、菜夹进馒头,塞进大嘴巴,搅拌几下很快进肚。杯盘碗碟端进厨房,洗刷完毕,清理灶台和调料盒,检查完天然气和电源,这才解开围裙掸了掸挂墙上。

饭后注定是胀肚子的,一个人吃掉全家早餐的一半多,不胀才怪。剩饭菜又不能倒掉,怪可惜的。

走进卫生间,重新用香皂洗掉手上的油污。这双手除过家务,更重要的是工作和写作。

镜子里的男人有些发福,尽管四十岁的鱼尾纹已开始在眼角萌芽,可还是成熟的面相。

换上一套几年前从唯品会上淘来的衬衫,重新站在镜子前,还不错,如果能有几个美女侧目那效果会更好。是不是有些自恋?男人暗自安慰。

出门前,手机、钱包、文件袋、背包。不能再耽搁了,今天还要下基层检查工作,下午回来协会还有会要开,几个会员要来拜访,得提前准备准备。

临出门前,男人又返回屋子,关掉房间和阳台上窗户,重新确认天然气和电源都关闭了,才锁上门,下楼梯。想想是开车还是骑车子?健康的重要性提醒了男人装起车钥匙,从地下室推出自行车,跨上去踩几下,惬意。

车子在晨风和朝阳中向单位疾驰。

每天,男人在欢快的运动中都重复思索一个问题:我的生活到底有没有质量呀?

压 岁 钱

小王夫妇和对门两口子年龄相仿，又都有个五岁的孩子，相互之间共同话题就多，两家关系处得比较融洽。

春节时，小王给了对门小孩十元压岁钱。是当着对门夫妇的面，非常客气地塞到小孩手里的。

可过了初五了，小王也没等来对门给自己小孩压岁钱。这期间，小王领着孩子与对门"碰面"两次，虽然对门很热情地打了招呼，可就是丝毫没有给孩子压岁钱的意思。

晚上，小王和妻子在看电视时就说到了对门，妻子还夸道："对门挺大方呀。上次我们给他家一袋梨，人家马上回赠了一箱葡萄。去年我们单位演出，还借了对门妻子的衣服呢。上次……"妻子说了一大堆对门的好，可小王就是觉得自己吃了亏，认为以往都是物品相互赠送。这次对门也太小气了，今后我指不定要吃多大亏呢。

越想越气，就叫过孩子，叮嘱小家伙以后不要动不动就往对门跑，也别和对门小孩玩。还说父母小气孩子也一定吝啬，要求妻子也少和对门来往。

此后的日子里，小王见到对门夫妇后要不远远躲开，要不就见面低头，掏出手机假装打电话不答理人家。有几次妻子刚想张嘴招呼，孩子已经拉上了对门小孩的手，可小王立马掉下来的黑脸和大声呵斥，吓得母子俩赶紧住了嘴收回手。

对门很纳闷，以为小王家遇到什么困难事情，准备过去安慰安慰。

这天晚上，在监督孩子写作业的时候，从孩子书包里发现了一个价值不菲的变形金刚。小王立刻询问。起初，小家伙还想抵赖，可在小王的软硬兼施下，只得告诉爸爸："过年前对门阿姨给了100元压岁钱。因为变形金刚自己都看了多次了，别的小朋友都有，可爸爸都没有买，所以就用这100元压岁钱完成了心愿。后来怕大人们责罚，就一直没敢……没敢告诉爸爸妈妈。"

望着儿子惊恐的神情和越来越小的声音，小王抬起的手掌久久没有落下。

辞　职

早上刚进办公室,就看见方蕾站在门口。脸冻得红红的,看来已经等了好长时间了。

方蕾大声说:"校长,我想辞职。"说着,递过来辞职信。

"辞职?"有点太雷了吧。我此时不太相信自己的耳朵。

方蕾可是学校的教学骨干。今年我还准备推荐她参加市里的赛教,满打满准备拿名次呢。现在要辞职,恐怕不是时候。

心里想着,可辞职不辞职是人家的自由,又不能拦着。

我有些不舍又有些愤怒,可看着面前站着的这个紧张的女人,又不知如何处理。

眼光收回到辞职信上,本以为洋洋洒洒叙述的困难和感谢竟然一字都没有,只有简单的十几个字:辞职信,外面的世界很大,我想去看看,方蕾。

呦呵,这是方蕾今天给我的第二个"雷点"呀!

我知道,方蕾来自农村,听说家里母亲去世早,只有父亲一人守着土地度日。大学毕业后方蕾能来到市里的重点中学当老师,已经是不错的出路了。工会主席私下说她最近刚处了个对象,已经贷款买了房子,还未装修。

女人性格内向,工作踏实,所带的班级成绩在全校甚至全市都是名列前茅的,也是我重点培养的对象。当然这个想法不能明说。要不是几个市上领导的关系户,今年的市级优秀教师早就落在这个漂亮秀气、又勤恳认真的"冰美人"身上了。唉,校长难做呀。

可方蕾辞职对学校甚至对我来说都是损失,怎么能放她走呢?

"校长,您能批准吗?"方蕾显然对我长时间的不作声有些着急。那双靓丽的眸子似乎要穿透了我的心思。

对了，有主意了。

我转变了"斗争"的方式。

"小方呀，听说你父亲最近身体不好，做手术花了不少钱呀。学校还准备这段时间赛教工作结束后，去看望一下老人家呢。"我开始发问。

"啊！"女人显然不知道我转移话题。先默默地点点头，然后又摇摇头。

"不用不用，那太麻烦领导了。"方蕾急忙推脱道。

"你们买的房在二环边上，房价可不低呀。接下来装修房子、结婚、生小孩可都是不小的开支呀。你都准备好了吗？"我没有在上一个问题上纠缠。

方蕾白皙的额头上，此刻有了微微渗出的汗，无助地摇摇头。显然，被我击中了软肋。

"你父亲年龄大了，得需要你挣钱养活呀。你说是不是？"

"你男朋友好像是科协的吧？那个单位收入也不太高吧？"

"你们今后房贷每月需要一个人的工资去还，你觉得咋样呀？"

……

一连串的发问，让这个漂亮的女人开始有些慌张，头低得不再像刚才进门时那么高傲。

"小方呀，按现在流行说法，理想很丰满，现实很骨感。生活不能缺少理想，可太脱离现实却不是最好的选择，你说是吗？"我继续施压。

看着女人无奈地点头后，我抬高声音："作为语文老师，语言表达不清是你辞职信上最大的弊病，你难道没有发现么？"我把辞职信狠狠地甩给方蕾。

"你今天好像还有堂公开课吧？是不是要我现在换人呀？"我想检验自己的"战果"。

"不不，不用换，我马上就去准备。"方蕾此刻有些着急，把那封个性的辞职信揉成一团，转身出门，还不忘对我躬身说声："校长，对不起，给您添麻烦了。"

我的愿望实现了。千万不能开这头呀，何况……算了，我拉开抽屉，取出那张市级教学能手推荐表，重重地填上了"方蕾"二字。

　　宋江归家后乔装打扮，闲云野鹤，静享朝廷赐予的十万贯钱和三千亩厚田，倒也乐哉悠哉。不觉时光已过二十余载。须发全白的宋公明老来回首往事，每每回忆梁山水泊众兄弟和寨中酒肉忠义岁月，尤其是吴用花荣诸位兄弟的屈死，捶胸顿足，痛心疾首……

重解项王之死

夜幕的影子开始笼罩垓下的时候，星光在乌云后面忽隐忽现。山脚下散落着楚军营寨，像秋季霜打的野蘑菇。除过寨门上几束火把的火焰。还在奋力寂寥地跳跃之外，营内的火光稀稀拉拉，一片萧杀。

已经被围困数日的楚营内粮草越来越少，粮道早被汉军切断，根本无任何供给送进来。楚军从开始的一日三餐减到后来的一日两餐、一餐。战斗中受伤的兵士缺医少药无法得到医治，不断有人死去。背井离乡的楚军将士在寒夜的山脚相互依偎着，围坐着，没人说话。疲惫和饥饿使大部分将士没有了谈笑交流的力气，兵围城下的恐惧又让大家睡意全无。

中军大帐内的项王羽，在接连几日的大战中精力大失，满面憔悴，发髻零乱。此时的主帅杂乱胡茬遮盖了往日的英俊。在刚才的军事会议上，有将领反映目前缺衣少粮，尤其是医药短缺的困境，导致伤病未医而亡的将士越来越多。有位将领甚至谎报死伤人数大半，众多楚军兵将已无战斗的信心。项王大怒，差点当场杀了这个蛊惑军心的家伙。愤怒之后的项羽也在怀疑楚军的境况和目前的困难。

其实他哪里知道这些将官们疲战数日，筋疲力尽，不想再战斗，希望早日回家的心愿。又不能因生退意毁了项王"常胜将军"一世英名，更惧怕力拔山兮的项王一怒之下大开杀戒，将官才故意夸大伤兵数量和楚营困难，刺激项王撤兵。

"江东勇士铁骑数十万，目前竟不到三成。"残烛影绰中的项王念叨着，身心疲惫地和衣而卧，久久不能入眠。

想我项羽世代大雄，豪门之身，起兵江东数年，攻城略地，所向披靡。当初在鸿门宴上错放刘邦小儿，又遭张良离间，赶走亚父。如今邦一亭长劣徒，竟纠结数路兵马分头袭击，毁我西楚大军刚强，毁俺项羽一世英名，毁我楚门望族盛世。如果兵败，如果被擒，那……重名声甚于生命的项羽竟然不敢往下再想。

此时，一阵阵歌声从对面的汉军营寨随风飘来。那高昂的乐音伴着鼓馨节点，还有少许酒香肉味，高高低低起落不定，在楚军营帐上空肆意飘荡，扰得楚军将士尤其是项王坐卧不宁，索性翻身而起，慌忙走出营帐查看。待确认不是汉军偷袭后才复回大帐。

已被惊扰起来的虞姬也赶进帐内伺候，并端来一壶家乡老酒和几份菜肉摆于几前。怕项羽疑问，虞姬解释说是中军几个亲兵偷偷棒杀一具老马，给大家充顿饭餐。早已无心思过问这些的项羽，两杯老酒落肚，透过帐幔瞧见在夜色中打着响鼻的乌骓马，回首身边不能共享荣华的心爱女人。往昔征战沙场刀枪箭雨，刘邦、张良、樊哙、项庄……一个个身边敌对的身影从脑海中闪过，不由惆怅满怀。

项羽随手拔出佩剑，"当啷啷"的脆声顺着剑锋冷冷袭来，项羽眼泪夺眶而出，低吟一首："力拔山兮气盖世……"

在一旁捧酒的虞姬娇弱的面庞，弱弱地喊道："大王。"

此刻的项羽占满心中的不再是虞姬、乌骓马、楚军、江东父老，而是如果兵败，常胜将军的一世英名就将不保，项羽将会被天下豪杰耻笑，项家一门英豪都会被钉上历史的耻辱柱上，永世不得翻身。如果被擒，刘邦小儿就会像当年我对他的羞辱那样百倍施加于我。如果征杀，目前的几万残兵怎能抵挡营外的数万虎狼汉军。如果……好多的如果已经占据了项羽的大脑，睁得双眼发直。

　　帐外伤兵的哀痛，夜风里猎猎作响的破旗，身后几万将士的饥寒，美姜哀怨的眼神，乌骓马的嘶鸣早已和着对面汉歌，从项羽眼前划过，刀刃般割伤了英雄的心。

　　"逃走"，这个可怕的念头不知何时冒了出来，而且愈来愈强烈。留得青山在，不愁没柴烧，此后东山再起，待我恢复元气，再找刘邦小儿算账。至于楚军将士，只有各待天命，看其造化了。想到此，项羽眼底那团火焰逐渐燃烧，瞬间燃遍全身。

　　是夜，为了突围成功，避免汉军发现，项羽只吩咐了几个亲兵，带着自己的卫队八百余骑。马衔环，人含棍，趁着后半夜月暗人息，将兵乏困入睡之际，悄声悄息从营门而出往垓河遁去。

　　清晨的薄雾微露中，汉军瞭哨的卫兵觉察楚军大帐灯熄人寂，无人走动，有反常态，遂报告刘邦。

　　警觉的汉王刘邦发觉项羽逃走，一阵暗喜：项羽终于被一世弱名所累要逃跑。张良呀，你可真是孤家的好兄弟，算策精准。此刻，哀兵必败。立令灌婴率五千精兵火速追击，随后击鼓传令全军分头出击杀向楚营。一场大残杀无法避免，群龙无首的六七万楚军一个不剩地都死在汉军的刀剑下。

　　一路受到围追堵截的项羽连战连败，最后退至乌江。死伤大多半，尚剩几名亲兵和虞姬在身边。团团包围的汉军讥笑着："项王的八万将士都已上了西天，汉王命我等护送项王过江，可虞姬和乌骓马必须留下，我等奉献给汉王……"

　　"什么，八万将士全被消灭？"此刻的项羽似乎清醒了许多，才明白自己尚有八万兵将，怪不得汉军只围不战。如果决一死战，胜算其实很大。

　　可如今一切都晚了。

目前如果狼狈地过河逃跑，数万江东子弟随我出征而一人独归，江东父老岂能饶我？担忧之念占据项羽心中。

"歹毒的泗水亭长呀。"弃军而逃的悔恨加上惧怕江东父老的羞愧一起涌来，项羽大笑一声，抽出佩剑狠狠地抹向自己的脖颈，一股鲜血喷涌而出，洒向楚国方向。

宋江之死的另一种说法

传说中，宋江其实没死。

早在到京任职前，宋江就暗地找人联系神医安道全，打探宫中消息。道君皇帝金殿上的一举一动哪能逃过宋头领的耳目，加之太师府中的圣手书生萧让也是忠肝义胆的"潜伏者"。在蔡童之流药酒到来之前，宋江早就服了安道全配制的解毒药丸，"假死"十二时辰，尔后由亲随家人悄悄运往宋家庄静养。只可怜吴用、花荣和李逵三人愚忠偏义，毁了英雄之身，随自己的宋大哥驾鹤西去。

宋江归家后乔装打扮，闲云野鹤，静享朝廷赐予的十万贯钱和三千亩厚田，倒也乐哉悠哉。不觉时光已过二十余载。须发全白的宋公明老来回首往事，每每回忆梁山水泊众兄弟和寨中酒肉忠义岁月，尤其是吴用花荣诸位兄弟的屈死，捶胸顿足，痛心疾首。

无以发散，遂奋笔疾书。梁山往事宛在眼前，胸中有感笔下生风，只月余就成就厚厚一本《我的兄弟姐妹——梁山风云录》。闲时摆在几案，翻上几页，流几行清泪。后又思索应将此著作出版公之于世，让天下人诵读梁山水泊风云，缅怀记忆众家兄弟情义，以告慰诸多兄弟在天之灵，也为自己苟且偷生找一安慰，了却平生最后心愿。

有了此想法就立马付诸行动，怕年轻子侄们慢事，不顾年迈之躯亲自出马联系出版官家。此时大宋早已改朝换代，加之战乱影响，经济发展，时光磨掉了人们的记忆，梁山水泊的逸闻趣事只能在茶馆说书的口中演绎一番，哪有人再去关注这些年来残存老朽的宋公明本人。

宋江首先来到郓城县衙，顾不上参观旧时的办公场屋，将书稿和想法托盘告知知县大人。刚上任的知县倒还客气，粗粗地翻阅了几页，丝毫也不会把面前的这个花甲老人和当年搅乱大宋朝廷的江湖英豪——及时雨宋江联系在一起，只当一村中老学究罢了。知县推荐宋老夫子去泰州府，还说"小县只管缉盗拿匪收粮催税，维护地方治安，至于学说著述须到上级衙门问询。"就这样，宋江被请了出来。

想想也有几分道理。骄阳似火的天气，宋江又马不停蹄地直奔泰州府衙。待下马时，一把老骨头摇得快要散了架，照样艰难地递送银两给门官，几番周折进了府衙大厅。

府台大人正在宴请到地方视察的朝廷大员，又不好落个慢待老人之名，派一当值堂官应付此事。五大三粗的提辖大人哪懂得厚厚一本《我的兄弟姐妹——梁山风云录》，纸张哪有银票摸起来舒坦，或者是牌九的简单明了。就和一个歪嘴师爷商议后，故作斯文地请宋江再去省城济州找学政衙门，说府衙近日公务颇多，不好为此等小事再劳烦府台大人。听着隔壁传来的猜拳行酒呔喝，以及顺风飘来的酒菜香，宋江怔怔地站了起来。本要与之相辩几句，无奈岁月早已剥蚀了宋头领当年的英勇豪气，只好踱出门外歇息。

后又去了学政衙门，主管师爷说："本府只管全省民风教化、省考文政，只有朝廷邸报官文公牒和皇家朝廷下旨印发的书稿，其余个人出版物，一概不予受理。"几句话就把气喘吁吁的宋老夫子堵在了廊下，无奈这位当年叱咤风云的江湖英豪有了两行浊泪散流。门口几位门军还笑老夫子不在家享受天伦，却吃饱饭撑着著书立说，笑煞人了。这些话语如同鞭子一般抽打在宋江黑瘦的脸庞上，比当年的死囚金印还刻骨。

此后数月，宋江在县、州、省多个衙门数次奔波无果，终于积劳成疾，卧倒在床，一病不起。整日茶不思饭不想，只有涕泪涟涟和案几上落了灰尘的书页。

宋清念其兄辛苦，托人打点当时的大书商胡纂来庄，大宴小请一番后，就将宋江出书一事拜求胡纂。酒足饭饱后的胡大商人，品着宋清奉上的上等香茗，客气地交代说："咱家只负责官府衙门朝廷内部教化宣扬公册的发行印刷，也兼营一些府院大人、王公贵族的手稿单行本，收集一些民间杂文趣事编撰成册，供上边大人们消遣娱乐，倒还赚些银两。既然宋兄长历史辉煌，必然妙笔生花，待阅个三五日后再作定夺。"

在胡纂阅稿的几天里，宋江有了希望的支撑，慢慢下了病床，敬候佳音。

三日后终于见了面，胡大书商解释道："目前，大宋朝廷上下崇文乐舞，一派平和风静，大家都愿阅读歌颂声平乐舞的繁荣文章，哪有心思来看宋兄的刀枪风云、侠骨情仇之著作，至于宋兄的勇毅过去倒有人引为关注。真的想要面世公众的话，劳烦宋兄将书名改为《我与阎婆惜同居的日子》或者《梁山上三个女人和一百零五个男人的故事》等，重点谈谈潘金莲、孙二娘、扈三娘床帏柔情，宋卢各位英雄的儿女情长，也许会大有市场……"

还未等胡纂讲完，宋江早已气得喘息紧迫，一股浓血脱口而出，喷了胡大商人一身一脸，惹得胡甩手而去。

此时的宋江两目望着梁山方向，忧愤之心加上数十年的没落压抑，一起涌上心头，径直向后倒去，水泊上风雨烟云般的东西也慢慢在眼中熄灭。

梁山泊年终检查

这几日，鲁智深着实苦恼，自从梁山泊总寨《关于开展年终检查考核的通知》文件下发后，作为步军前寨头的他竟不知如何下手。准备迎检是山寨最重要的大事。自己斗大字不识几个，山寨副头领武松又整天吃喝玩乐，对山寨政事不闻不问。虽说对自己一言堂的权威构不成威胁，可只领工资不干事也不是什么好事呀。

这天，好不容易在寨门前堵住了他，鲁智深把武松按到交椅上："兄弟，这次你务必要帮哥哥一把。山寨的年终检查考核关系全年功劳，咱总不至于落后而被军师他们罚款。丢了面子倒无所谓，到时弟兄们年底分不了金银可要骂娘了。"

"哥哥不必担心，兄弟我好歹也当过几年刑侦队长，官场情况略知一二。"武松轻松道，"听说前军水寨搞得不错，咱到时把李俊的迎检实施方案拿过来稍加修改，按部就班布置，保证工作热热闹闹开展起来，让哥哥夺个头三名耍耍。"鲁智深听后，摸摸光壳脑袋，连忙称是，并把迎检一事全权交给武松安排。

一个月后，以吴用为组长，柴进、戴宗、温方、时迁等组成的梁山泊年终考核组一行五十余人莅临步军前寨。

只见寨前黄土垫道，清水洒街。寨内张灯结彩，鼓乐喧天，礼炮齐鸣。武松不知从哪找来数个女子手举彩旗，整齐热烈地喊着"热烈欢迎"的口号，场面异常热闹。鲁智深、武松等大小头领寨前十里迎候，看着鸣锣开道，亮光闪闪的奔驰宝马，吴用心中甚是满意，想这花和尚挺有心思，比解珍解宝那俩山野之人大方气派。

接下来的时间里，检查组分别就步军前寨全年打砸抢夺成功率、金银收入、钱粮支出、兄弟们死伤等考核打分，并抽取了二十个喽啰问卷调查，填写了表格。

检查组领导自有安排。鲁智深、武松二人陪同吴用等在临近的阮小二水寨钓鱼烧烤，还借船去朱贵的酒店听了一次李师师巡回演唱会，享受了吐蕃按摩。那几个蜂腰丰乳、皮肤能掐出水来的吐蕃女子呵兰吐蕊的气息，让柴进回味好长一段时间。

为期半月考核后，检查组召开了工作汇报会。会上，鲁智深就步军前寨全年打砸抢夺工作做了认真汇报，包括：一是山寨领导高度重视，成立了迎检领导小组，下设办公室、宣传组、接待组、后勤组，有专项经费，集中人力物力财力迎接检查。二是明确分工，按照梁山泊总体部署，将全年工作尤其是迎检工作层层分解，落实到人，严格考核，对未完成任务的杖责五十，重则处死。三是严格依据宣传教育、自查验收、总结评比等阶段，集中开展山寨迎检工作，定期自查，倒排工期，扎实推进。四是工作效果显著，目前山寨已无私自下山进酒馆进烟馆进青楼现象，无随地吐痰上班迟到早退现象。山寨烧杀抢夺等业务开展正常，山寨金银马匹绸缎等进账创历史新高。武松补充时，重点强调了步军前寨的团结一心，兄弟们对梁山事业充满信心，对宋公明大哥、吴用军师等正确领导的敬佩之情。

在检查组点评完工作后，吴用发表讲话，认为步军前寨在山寨环境复杂和朝廷屡次征讨的不利情况下，仍能做出如此成绩，的确不容易。这些成绩的取得得益于以宋公明哥哥为首的梁山总寨的英明领导，得益于鲁、武二位头领的正确部署，得益于全山寨众位兄弟的共同努力。当然，指出成绩的同时，一些不足也鲜明地点出来。如工作实施方案与水军前寨如出一辙，步军训练三天打鱼两天晒网，兄弟们对朝廷招安的美好憧憬展望不够，竟然有兄弟认为替天行道应改为替天行酒，着实荒唐。寨内拉帮结派打架斗殴未及时上报。希望山寨各位要认清梁山泊即将走出水泊招安朝廷、杂牌部队变正规军的大好政治形势，高举替天行道大旗，同仇敌忾，为山寨美好明天做出应有贡献。

检查组走后，鲁智深拽住武松，担心地说："兄弟，军师在会上讲了那么多问题，会不会影响咱们的成绩？"

武松哈哈大笑道："哥哥莫要担心，这次迎检共花费金银八万余两，包括旅游考察、烟酒招待等，光平板电脑、手机就送出去三四十台，按摩泡澡找女人等还没明算。时迁走时顺走山寨五个金锭，戴宗开走了一辆宝马。嘿嘿，哥哥到时又得换新的座驾了，我的奥迪也有点烧油，该换了。"

"这么多？这帮家伙，害得洒家又要多下山干几趟硬活了。"鲁智深愤愤道。

"关键是如果排名靠后，兄弟会把这些证据悄悄地寄给《梁山晚报》或者发帖到《水泊论坛》，萧让那厮正等爆料东西改善生活呢。到那时，谁敢把咱们兄弟排在三名之外。去年不就这么干的吗，哈哈哈哈。"武松狡黠地笑道。

"高，实在是高，哥哥这就放心了。"鲁智深拽着武松胳膊，"走，喝酒去。"

潘金莲的心路历程

入夏的阳谷县城街道，热闹非凡。一连几天的梅雨停了后，蛰居的人们齐刷刷涌上街头，迎着久违的日头踩在凉爽的青石板上，裹紧薄衫，享受初夏顺街而来的微风，买几种新上市的水果尝尝鲜。短时间内，摆满街道两行的小摊贩如同引吭的公鸡，生怕漏掉每一位街前的顾客。

街中心的武记烧饼店也开门营业了，前堂后灶的格局使得本不宽敞的两间铺面更显狭小。炉膛的木炭火苗，炊饼初熟的清香，映红满头大汗的老板武大郎的瘦脸。

老板娘潘金莲坐在门前杌子上，正在唉声叹气。

那一声声哀叹随着头上的簪花一闪一闪，散向空中。金莲的杏花眼中填满了对面街后拔地而起的高楼洋房，还有楼层间隙隐约可见的别墅。

"奴家何时才能住进那楼房里，享受享受大方敞亮的日子，哪怕每天吃炊饼也心甘呀。"原来，美貌靓丽的潘金莲也和周围街坊邻居一样，害了想买房置业的相思病。

身后的这间临街铺子，还是我那侠骨柔肠、英雄威武的二叔武松托人置办的，以使兄嫂不再受挑担卖饼沿街跋涉的烟尘。其实，分明是怕奴家我太过露脸，招人艳羡罢了。想到这，金莲的脸颊微微有些发热。

前堂卖饼，代卖花生、炒果、矿泉水、香烟、口香糖等一应杂什，后堂作为厨房，加工芝麻炊饼。二楼两间卧室、客厅、卫生间俱全，阳台临街，阳谷县的大情小事一览无余。

要说也是比上不足，比下有余，金莲思忖着。

可终究比不过人家那三室两厅的单元房和高楼别墅洋房里白墙粉壁、席梦思、真皮沙发、大彩电等舒坦养眼。金莲回头望望在锅灶间熟练操作的矮黑丈夫。

　　武大其实对奴家也不错，吃喝不愁，绫罗衣衫也有三两件，店里的活计基本不用动手，大情小事也是奴家做主应承。武大虽被街坊邻居骂成妻管严，也只是一笑了之。尽管这个可怜人儿早就患上了哮喘病，在锅灶边烟熏火燎咳起来吓死人，可也是坚持劳作不惜，也难为他了。金莲的心头闪过一丝哀怜。

　　家中二叔如今去广州出差，听说阳谷县公安局报销一切费用，住的是大酒店，吃的是山珍海味的会议餐，还有公务旅游。本来奴家也想跟着去，可二叔如今是官面上的人，带个秘书还行，如果带上我这个嫂嫂外出，也的确说不过去。当然以奴家的身材相貌带出去那只有给二叔增光添彩，绝不会辱没人的。女人的怨气和自恋交织。

　　可惜可惜，如果奴家和二叔能暗结连理，绝对郎才女貌，伉俪风光，令街人羡煞。想到这些的金莲，柳叶眉下的粉颊红得烫手，心中的那点星火似乎越来越亮。

　　二叔每次看奴家总是躲躲闪闪，听邻居王妈妈说，恋爱的人在未表白之前都会羞羞答答，看来二叔也是有意于奴家的。有次，武大外出购买面粉，二叔在屋内冲凉，那黝黑的皮肤，强健的臂膀，一股一股的肌肉，水花顺脊背畅然冲下，溅在盆子里，也溅在奴家的心坎里。为何在奴家面前冲洗不关门？分明是诱惑奴家。这二叔，要不是当时武大敲门，我们也许早就成了好事。金莲心口的那团火迅速烧了起来，沿沸腾的血管烧遍全身。

　　她索性站起来，迈出店去。

　　却碰见笑得嘴巴都合不拢的王婆，一问才知，王婆那在省城开公司的儿子为母亲在前边高楼上买了一套一百五十平方米的精装房，正准备搬家。听说连倒腾水果生意的郓哥也赚了不少钱，正四处转楼盘挑选房子了。还有不远处的九叔也享受上了阳谷县衙的经济适用房，还有谁谁……

这些情景让金莲刚刚燃烧起来的情火凉了下去。

一定要住大房子，金莲首先想到了二叔武松。可以武松耿直的性格，虽说当着阳谷县公安局副局长兼刑侦队长，有权无钱，又不会敲竹杠、受贿揽钱，何况二叔看重面子比他生命还重要。如果多言，惹二叔不高兴也是麻烦，还会损了自己在二叔心目中的形象。

借点钱吧，奴家无亲无故，周遭邻居街坊大都贫寒，哪有闲余银两外借。自己手中的散碎银两又能顶多大事。

那可怎么办。思前思后，有一个人冒出来，金瓶房地产开发公司董事长西门大官人那厮油头粉面，腰缠万贯，虽说净在女人堆里混名声不好，却也白净斯文，如今人们都笑贫不笑娼呀，何况西门大官人正有几个开盘的楼盘热销，不妨找他。前段时间，二叔刚走，王妈妈也曾捎话说西门大官人想请奴家在阳谷大酒楼喝咖啡，聊聊奴家过去的事情。其实是想和奴家暗接珠帘，奴家只作不知罢了。

这次，奴家用二八青春和西门大官人共度良宵，委身于他一两次，换来一套大房子安住。等可怜的武大早走后，便与我那英雄勇毅的二郎结秦晋之好，也对街坊有个说法，也会断了西门大官人的念想，一举三得，甚好甚好。

金莲思索多次后，为了自己将要流逝的青春，为了心中的二郎，拿定主意，坚定地迈进店里。

此后，金莲街头掉杆巧撞西门庆，在王婆撮合下郎情妾意。不出一周，潘金莲也名正言顺地拥有了一套别墅，摸着红墙粉壁铁栅栏，吊灯软床，金莲流下了泪水，不知是激动还是痛苦。

天 庭 会 议

一日，玉皇大帝大宴群臣。

宴罢乐毕，玉帝就想找一种新的娱乐方式消遣消遣。于是，对群臣道："诸位爱卿，今天天庭诸事已罢，不妨与诸位做一调查游戏可好？"看大臣们纷纷应和赞成的样子，立即开始思谋已久的命题："假如下放凡间，你们最愿意干什么？"

众神诸仙默不作声。

玉帝又启发道："我说的是假如，哪位卿家说错，概不加罪。"玉帝拿起案头的紫金浑龙如意，表示哪位讲的最真最实最能说服众神，哪位将会获得玉帝赏赐的宝物。

各路神仙这才交头接耳，议论起来。大家开始琢磨，是不是该实话实说，可又抵不住紫金浑龙如意的诱惑，纷纷上前，跃跃欲试。

按资历，首位站出来的是太上老君，拂尘一甩："如果下放凡间，贫道愿做一高官，吃喝玩乐衣食住行朝廷买单，指东打西总有下属卑躬屈膝伺候着，戴名表、写日记、挎豪包、乘豪华轿车，超标准也无所谓。荫蔽三代，我行我素，总比现在吃素诵道，清苦修炼仙丹好上数倍。"太白金星、元始天尊等诸神即刻举手附和。

托塔天王随后行礼，朗声道："如果下放凡间，末将希望变作人间明星，影视歌三栖最好，鲜花、掌声、镁光灯总会围着我转。出行私人飞机，回家豪宅助理保姆一堆，在外经纪人打理一切，自己最大任务就是数钱玩。空闲时候旅旅游、美美容，顺带甩出几张票子扶贫，博个好名声。至于艳照、裸替、绯闻、潜规则都是入行或者发达必走之道，不足挂齿。比目前巡视天界，保卫仙庭轻松许多。"其他三位天王、巨灵神等都深表同意。

　　张天师口诵道号，向上一拜："如果下放凡间，吾能有数亿家产，做一无忧无虑富翁足矣。开世间限量版跑车，住山顶别墅，入则女仆成群，出则保镖数百。可以和朝廷命官打高尔夫、品美酒、玩女明星。心情好的时候捐个希望小学，弄个朝廷翰林名号装扮门面，在报纸电视上长期混个脸熟。相对于倾听凡间辛苦，为百姓栉风沐雨，仅受几炷薄香供奉痛快许多。"雷公电母、四天星君都说本该如此。

　　东海龙王一撩龙须，瓮声而奏："如果下放凡间，老龙当然要做一名记名导。走南闯北，用俸禄游山玩水、阅东情品西景，拉个赞助，玩个初入行小女生，帮官员弄几篇花样文章。红包拿到手软，名气做到无尽大，又不担责任，不按时上下班，总胜过囿于水界咫尺，施云布雨诸类烦事罢了。"南西北龙王和天蓬诸将都高举双手赞成。

　　阎罗王早就等不及了，大声喊："如果下放凡间，某定做一世间警察，天下归我管，明属朝廷暗接黑帮，吃红灭黑，找茬滋事，驾车不守规、不挂车牌，特权横行无忌。即使儿子在外杀人越货，只要一声'我爸是阎罗'即可万事大吉。至于贴罚单，手痒随便安个罪名揍个人如同儿戏，随心而定。虽说在阴间也能审审小鬼，打打牙祭，但哪有凡间纵横江湖，当大佬风光。"四值功曹、八方神君欢呼支持。

　　接下来，发言的神仙越来越多。嫦娥要做女企业家成为巾帼英雄。五岳大帝要做城管，任意驱撵小摊小贩。南斗六星君要当教授著书立传，比同官员。北斗七星君要当主持人，出书走穴，赚个盆满钵满。九曜星君要进国企当高管，灰色收入比过工资……

　　连玉帝身边正襟端坐的王母也羞涩地低声表示，要做一官员富豪包养的二奶小三。吃香喝辣，化妆品成堆，名包名鞋名衫不计其数。自己还可拥有傲人身材、娇美面容和迷人胸器。过无忧生活，还可暗地包养白面郎君，偷腥窃香，少了数年奋斗奔波。当下虽贵为王母，却要正身律己，母仪天下，毫无乐趣而言……

还未听完，玉帝大为震怒，"啪"的一拍几案，震动使得紫金浑龙如意滚落在地板上，摔得粉碎。

玉帝训道："你们一个个贵为上仙，位列仙班，值守四方八面，尊受凡间百姓供奉，甘享人间香火不断。不思为天下苍生谋福祉、去灾祸、降平安，只想着贪权恋贵、吃喝玩乐，满眼私欲冲天、淫荡奸邪、尸位素餐，成何体统，太扫三界神仙颜面。"

望着脚下首尾不顾，惊愕唯诺的群神诸仙，震怒的玉帝平喘了半天，才狠狠表态："今天的游戏到此为止，不足对外界相传。如果还有谁有非分之想，定罚他到凡间做一普通百姓，受苦受难。"

沙 僧 买 房

　　唐僧师徒四人西天取经终成正果，各自得到分封后便分别去上任。

　　唐僧久坐佛堂研习经书，卖掉紫金钵盂后兴办唐宇大学，传经送宝，教化九天。身上名片金光灿灿，身前头号多的自己都数不清。讲课、教义、著书，太忙了，只好请唐王派使者在大雁塔设一网络中心，电子版佛经任世间僧众下载。

　　悟空不愿受束缚，回花果山过了几天悠哉日子，终抵不过猴性使然，挂上斗战胜佛金印。又怕筋斗云费体力，邀几个老猴开上新买的猴莎拉蒂跑车，天地冥三界闲逛、云游。落了个清闲，比今天降魔明天除怪，打打杀杀惬意数倍。

　　八戒是最会享受的一个。净坛使者的官衙关门，说是要装修，向天庭要了一笔费用，回去开了个娱乐公司，和高老庄的庄花高玉兰喜结连理。一个钻石王老五，一个白富美，天造一双，地设一对。那长长的猪嘴大大的扇耳，很快成了高老庄周边人们争相追随的整容模板，要不是八戒思想开明，不为金钱所虑，差点被高员外说动要收形象版权费。悠哉乐哉呀。

　　只有"金身罗汉"沙僧老老实实去罗汉堂上班。每天签到画押，处理公文，接待来访者，布施天界慈善，救助人间疾苦。领取的一点点工资收入，还被如来身边的阿傩多、摩羯伽也等贪污挪用。本分的沙和尚谨记多一事不如少一事的做人法门，贫苦而又平淡地生活着。其生活水平可想而知。

　　时间很快就过去了，沙僧没有师父师兄们的陪伴，又不愿和其他人交往，找圈子吃吃喝喝、玩玩乐乐。终究有苦闷孤独的感觉。有次突然觉悟，觉得应该娶妻生子成个家，享受一下天伦之乐。前提得有住处，好搬出罗汉堂那逼仄的宿舍，躲一躲乌烟瘴气的佛场。沙僧想法好是好，可面前的形势是：罗汉堂严重超编，中层罗汉、主事罗汉等一大群，仅有的几个沙弥还被霸道的执事堂首席专用。这些大大小小罗汉们都想尽各种办法挤占公共房产，现在房源又少，大家都盯着刚开发出来的佛国大厦。大户型都被如来、观音、文殊、弥勒佛等上层领导抢先享用了，到罗汉这一层只剩下几套结构不好的小户型，而且僧多肉少，审批手续很麻烦。以沙僧的现状必须贷款，可到天国银行贷款，手续繁杂，请吃请喝，困难比取经路上还多。

但再困难也要上呀，谁叫咱不如大师兄的潇洒，没有二师兄的快活，甚至没有师傅只求名不图利的清闲呢。沙僧坚定了决心。

沙僧第一站来到灵山社区。居委会主任阿弥陀佛翻着申请表，说本社区规定，只有工资达到五斗米才有资格申请，沙僧只有四斗半，不能填写申请表，好不容易送出师父临别时赠的金兰袈裟才换来这张申请表。沙僧第一次体会到佛界办事的疾苦，可见人间不知有多么艰难。

第二站是西天房产局。局长日光菩萨正在电脑前看韩剧，嫌沙僧搅扰了他的心绪，就依依呀呀说这项不对、那项不符，最主要的原因是沙僧没有结婚，除非单位开一张已婚证明。沙僧就想着快去罗汉堂开一个证明，可堂主大势至菩萨认为上次儿子结婚沙僧只送了条女儿国的纱巾，太小气了，不把自己当领导，推三阻四，拖着不办。等沙僧跑了三四次，偷偷塞了两瓶灵山老窖后，才盖章了事。

接下来要到最后一关——天国银行贷款。沙僧知道负责审、批、贷、放款的四大金刚都是吃肉不吐骨头的主，自己身上可只剩了不到二两散碎银子，该咋办呀？苦闷的老实和尚不经意进了极乐酒吧，几杯散酒下肚，越喝越闷，越闷越喝，银子还被小偷偷走。酩酊大醉的沙僧被酒店老板药师佛扔到了街上，惹得众仙诸神一阵讪笑，好不丢人。

刚好悟空云游四海，打尖品酒，路过此地。碰见昔日老实本分的师弟受此大辱，问明情况后，决定帮助兄弟解决这一难题。

悟空先到四大天王处摆下赌局，赢得他们连裤子都输了，才答应以支持佛国大学生创业的名义免费无息放一笔款子。

然后，悟空告诉负责分房的弥勒佛，如果不把沙僧排在挑房队伍前面，就把它抄袭别人论文评职称的丑事在仙界公布。吓得弥勒佛大笔一挥，以支持有突出贡献青年为由把沙僧放在几位菩萨之后。

悟空大闹如来店，刚把罗汉们外出烧烤的照片掏出一张，如来就羞红着脸答应把自己850平方米的房子让给沙僧，以表彰他在取经途中坚定向佛、无私奉献的精神，还号召罗汉堂以及三山五岳神佛，向一直默默无闻却又平凡中显伟大的基层干部沙僧学习。

拿到房子钥匙后的沙僧激动万分，深深地感慨："佛界也是恶人有理，老实人吃亏呀。"

狮 王 出 行

老狮王这几天吃不下饭，喝不了酒。已经打理顺溜的发型开始有了白毛。

按照森林巫师黑乌鸦的掐算，狮王只有时间不长的寿命了，也就预示着狮王的"森林之王"宝座将会由一个不知名气的家伙占领。想到这，狮王抖动依稀发白的鬃发，摇摇早已失去威力的短尾巴，陷入沉思。

可怕的是此前听到自己脚步声就吓得四散逃窜的小动物们，这段时间在远远瞅见狮王后，却继续做着他们蹦跳、追逐、号嘶等动作而不惊怕，这在几年前是不可想象的。

最近以来，向狮王汇报森林动物们动态的狐狸好像来的次数也在减少。有一次居然还谎称有病，其实是同虎山上的家伙们喝酒作乐。这个狡猾的小人，此前在本王面前那样毕恭毕敬。本王一个眼神，一个喷嚏，狐狸都会几天睡不好觉，吃不安饭。如果哪个小动物背后对本王不敬，哪怕嘴里不小心吐出个脏字，狐狸都会第一时间汇报给本王，然后在获得我的默认后，狐假虎威地纠结豺狼、土猪把动物们打得满地找牙。其实，有些小报告明知道是狐狸杜撰的，譬如上次因为麋鹿少送给他一块肉，狐狸就诬告麋鹿诽谤我，被我惩罚去森林五百里远的荒漠。可这都是为了维护我的权威必须做的。本王的原则就是宁叫狮子负天下，不叫天下动物负狮子。

呵呵，哈哈，哈哈，当年威风的情景让老狮子找到了久违的痛快。

笑声传过去，那些曾受自己格外施恩，不被欺辱的小虫小鸟们似乎也没有了往日的谦恭热情。这些小家伙们，当年，我不是看着这些小身体小背影孱弱柔小，早就一个眼神，让土狼、狐狸去收拾他们了。当然，潜意识里是这些小虫小鸟们没有几两肉，不够塞狮子的牙缝。只不过不能不说，为了维护在森林里的形象，恩威并施也是一种手段。

回家生闷气，精明的母狮子自然明白老伴的苦恼。她也知道，如果没有狮王的地位和权力，凭她已渐渐瘦弱的身子和老去的容貌，是没有哪一个小动物送上笑脸，逢年过节也不会后窝里大情小礼，收得堆不下。她更知道这些家伙们都是说着言不由衷的话，戴着伪善的面具。

为了狮王行将不久的权势与威严，也为了为时不多的垂帘听政，母狮子发扬以往在家严厉本色，呵斥和煽动动物前强势、家里面卑微的狮王丈夫，找一种形式检验检验狮王的势力。

经过深思熟虑，狮王决定举行一次巡游，重新树立自己森林之王和母狮狮后的显赫。同时，也再次全面查看一下多年来掌管的领地。

出行前，狮王当然要隆重升帐，点齐狐狸、豺狼、土猪等忠实侍从，商讨即将开始的行程。尽管行将颓势，可狮王的帽子和余威还在，这些个见风使舵的家伙们，表面还是支持狮王的想法和计划的，并虚张声势地举起他们的四足赞成。

另外，虎山、熊洞里的家伙们就算了，说不定它们还在密谋商议如何争夺森林之王宝座呢。哪顾得上以往的拜把子兄弟，集体撒欢蹂躏小动物取乐的交情。

在出行的日子里，狮王格外强调行程中的威仪，并适时吼上几嗓子，奋力抖动几下黄白相间甚至有些褐色的鬃发。看着有点吓傻有点迷糊的随从和小动物们，狮王心中吃了蜜一样，高兴极了。原来没有感觉到的，高高在上的滋味还是好呀，畅快。

由于狐狸等事前逐个通知和威吓，在狮王到达的时刻，森林里的动物们都十分雀跃，毕恭毕敬、点头哈腰、鼓掌示好。喜鹊和猫头鹰还自发唱起了赞美狮王的歌谣，歌声感染了整个迎接出行队伍的动物群体，大家共同歌颂狮王的丰功伟绩和威严仪态。此时的狮王也放下高贵的架子，双手接过麋鹿们送来的浆果，土狼们叼来的肉食，夜莺们挂在狮王脖子上的花环，老虎兄弟捧上的美酒……为了表示自己的善良，有时，狮子也和随从走进兔子窝、梅花鹿群、甚至一些鸟巢，送上几棵嫩青草，几个野生苞米，博得这些弱势动物们的眼泪和欢喜。

巡游中，狮王仿佛又回到了昨天，沐浴在无比的权威带来的快乐与财富中。常常想起当年斗败老虎、狗熊们之后，戴上"森林之王"王冠时的雄姿英发和清正廉明。那些个母狮子们踊跃献媚献笑甚至献身的场景。母狮子为了自己的狮后之位，不知费了多少脑筋，耍了多少手段，也残害了多少同伴。唉，当初血气方刚，争权夺利，又是多么的滑稽可笑，多么的……

在森林动物们所谓的前呼后拥中，狮王的队伍逐渐走出了森林，不知不觉走入一片被杂草掩盖的沼泽中。当狮王半个身子陷进泥沼中无法挣扎时，才发现随行的队伍不知何时都站在远远的森林边，没有一个家伙愿意上前拉自己一把，直到泥水淹没到眼皮底下。

望着山那边即将落下的夕阳，听着虎群、熊群发出的欢呼声，老狮王没入泥沼中，只留下花白瘦弱的颈毛挂在水面，像一抹浮萍被夕阳染得通红通红。

食　物

在落日的余晖里，小山羊走进树林边的一块草地，望着嫩绿丰美的青草，小山羊高兴地蹦起来，这一下可以吃个滚肚圆了。

吃不到几口的时候，一只斑斓猛虎从林中悠闲地踱过来。看到这么丰茂的青草被一只不起眼的小山羊狂啃，老虎气就不打一处来。

得好好整治一下这个小家伙，不然他不知道我的威严，老虎想。

有什么办法呢？它思索着。有了，眼珠一转，老虎奸奸地笑了。

它大步走到草地上，对小山羊大叫："嗨，你这小家伙，怎么把我的食物全吃完了？"

小山羊转过身来看了看，很纳闷："啥时间老虎也吃草了？"

于是，小山羊就谦恭地说道："老虎先生，我吃的是草，您吃的是肉，您怎么能说我吃了您的食物呢，您一定是看错了。"

老虎狡猾地发出一阵啸声："没错，我吃肉不假。可吃肉的你还有其他小家伙们必须要吃草呀，只有吃了草，才能长肥长嫩，才能符合我的吃肉标准。你现在如果吃了草，我的肉食们就没有了食物，我就要饿肚子了。所以，小羊羔，赶快给我赔偿，否则我就要吃掉你来补偿，哈哈……"

无论如何解释，老虎总认为是小山羊吃了自己的食物。后来，还找来了正在做游戏的梅花鹿和狐狸。望着老虎血红的就要喷火的双目和微微翕动的嘴角露出的獠牙，梅花鹿和狐狸都无奈地看看小山羊，违心地承认小山羊吃了老虎的食物。

小山羊没有任何办法，只能低着头，伤心地离开这片属于自己的草地。

望着小山羊孱弱的落寞的身影，老虎胜利地朝天大笑起来。因为此前，同样的办法，老虎赶走了河边喝水的乌鸦、树林里度假的兔子、山石上晒太阳的乌龟……

老黄牛和小青马

一块黑油油的土地前，老黄牛和小青马套上铧犁，准备耕两块同样大小的田地。

小青马铆足全力拉起铧犁，一路轻快，身后是翻涌的泥浪，留下整齐笔直的黑色发亮的沟渠。

小青马很短时间就犁完了整片土地。

望着深深的犁沟，小青马的脑海浮现出主人摆在面前的上好的青草和饲料。小青马欢快地在地垄头蹦起来。

老黄牛也拖起沉重的铧犁，扫视了前方的土地，慢慢地犁起来，不时向主人方向哞哞叫上几声。

太阳快落山的时候，老黄牛终于也犁完了这块讨厌的土地。老黄牛没有去犁剩余的垄头地，在主人脚前"疲惫"地蹲下去，长长地出着粗气，哞哞地打着响鼻，尾巴高高地抽着脊背。一下、两下……

主人及时地将准备好的饲料和青草放到老黄牛嘴边，爱怜地轻拍牛背："多好的牛呀，任劳任怨，默默无闻。"

转过身，却无情地将鞭子落在了凑过来吃草的小青马身上。"懒马，只知道玩，不好好干活。"

望着老黄牛深邃的眸子里透出的点点亮闪，小青马不明白主人究竟喜欢这头老牛的什么，只有蔫下头颅，含着即将掉下来的热泪去吃饲料盆边的杂草。

强大的小熊维尼

小熊维尼在森林中被众多动物伙伴所仰慕，因为他是一位搏击冠军，曾经打败许多对手，包括凶狠的狼和老虎。

今年的森林运动会又开始了，小熊维尼心想自己又要得冠军了，非常兴奋。

但在运动会上，不过几个回合，维尼出乎意料地败下阵来，丢掉了冠军头衔。

维尼伤心地找到爸爸——大熊尼克，向他诉说自己的不幸遭遇，并希望爸爸能帮自己找到对手的不足，研究出克敌制胜的招式，以便在下一次比赛中取胜，夺回本应属于自己的荣誉。

大熊尼克笑吟吟地听完儿子的诉说，没有表态，而是到屋后拿来一根木棒，要求维尼在不破坏木棒的前提下，把木棒变小。

维尼拿起木棒，颠来倒去，使出浑身解数，急出了一身大汗，也没有把木棒变小，他无奈地望着爸爸。

大熊尼克笑了笑，不慌不忙从屋后又搬出一根像椽子一样的木头，把它和此前的木棒并排放在了一起。顿时，相比较这根大木头，木棒小了许多。

尼克摸着儿子的头，说："孩子，想要保住冠军头衔并不难，取胜的法宝不是如何想办法击倒对方，而要像这根大木头一样，使自己变得更强大，更粗壮，那么，任何强大的对手，都是弱小的，不堪一击的。"

听了爸爸的话，小熊维尼仿佛明白了一些。

他拜了森林里许多动物为师，吸取他们的长处和优势。

经过一年的刻苦训练，小熊维尼终于重新获得了冠军头衔，又成为森林里众多动物们羡慕的对象。

生气的土狼

土狼一直是狮王的忠实奴仆。在这片大森林里，土狼由于一些顺心的谄媚，加之对掌管地盘上小动物们的强硬手段，获得了狮王赏识。一旦狮王巡视森林或召开大会，土狼总是忠实的追随者和开路先锋。直到上次狮王最后一次出行深陷泥沼丧命后，土狼的嘴角一直都是恭敬的，目光是温顺的。

然而，在狮王升天后的日子里，新的狮王却一改往日规矩，和鹿群、虎山、熊洞、鸟架、虫窝里的动物们打成一片，好不亲热，却始终没有叫上土狼参与。

老狮子王此前要扩大土狼势力范围的承诺，看来要泡汤了，土狼这样想。

思来想去，土狼气不打一处来，悻悻地回到自己灰尘漫天的狼圈。召集属地的小白兔、梅花鹿、野狗、树獭等下属开会，指着参加的动物们鼻子一个一个数落了半天。

晚上，再次召开会议，从兔子吃草的姿势、鹿跑的步伐、狗叫的声质、树獭上树的速度等等一一进行点评，土狼要求动物们要严格按照自己的标准去生活，直说的唾沫星子都干了才结束。

次日早上，第三次开会，土狼再次部署，会完后还假假地征询动物们的意见。动物们哪个还敢言语，只有低头称是，土狼这才放下了忧虑的眉眼。

小兔子吃草时每棵草都要送到土狼面前毕恭毕敬地请其检验，去尖掐根，如此往复，直到草叶变黄露出枯干，才小心翼翼地塞进嘴巴。

梅花鹿们优美的奔跑也在土狼的严令下越来越像狼的冲锋，尖牙外露，目露凶恶，只有不经意跑出森林才能恢复轻松的跑动。

　　野狗的叫声逐渐向狼嚎靠近。树獭上树犹如土狼刨土……

　　直到有一天，土狼的行径引起邻居动物们的愤怒。新狮王发现了掩盖在繁华温顺下面的独断权谋后，在大家的一致声讨中，将土狼调到了距离森林最远的一片沼泽地把守，动物们这才松了一口气，抬头看看天空，原来蓝天白云多么漂亮。

蜘 蛛 人

"蜘蛛人"侯辉在粉刷十八层外墙时，一点劲都使不上，索性拉了扳手，让升降机停了下来。

不是不想干活，也不是生病了，关键是侯辉此刻的心思不在干活上。

前几天和女朋友婷婷见面，卿卿我我之后，婷婷提出要侯辉给她买一部iphone手机。自己最近一月的工资刚寄回家，让有病的父母买点药，不能再拖了。就给婷婷解释说，下个月工资一发立马就买，可女人不听，还说早就瞧不起穷粉刷工，并提出了分手。任侯辉好说歹说都不行。

一时间，失恋后的侯辉干活总是使不上劲，昨天上升降机工作，带了漆桶却忘了刷子，今天材料都带全了，可注意力老是放不到干活上。

干不了活，就休息一下吧。侯辉顺势坐下来，掏出烟叼在嘴上，可摸遍口袋却找不到火柴，那个早晚不离身的打火机也不见了。哎，想起来了，昨天赵四来宿舍借火，用了之后顺手装他口袋了。

这家伙，侯辉的手无意中碰到了小收音机，从口袋中拿了出来。

这宝贝功劳可不小，粉刷工俗称"蜘蛛人"，高空来高空去，风吹日晒，工作简单却无聊。一个人待在吊篮里，在城市半空补补刷刷，低头望见脚底下的人流车流，热热闹闹，"高高在上"的自己却是寂寞无聊，除过歇下来抽根烟就没有其他娱乐打发。

发了工资后有几个年轻工友烧包地买了单放机、随身听，要换碟戴耳机，还要花钱在网吧下载歌曲。听说好几百呢，咱挣点钱不容易哪能这样糟蹋。何况父母身体有病需要钱买药治病，自己至今单身，要找对象要结婚要生孩子，哪个不需要钱呀。还是省省吧，攒一些是一些。

有次晚上没事干，在租住村附近的夜市小摊上花三十元钱买了这个收音机，数十个频率随便换。新闻、秦腔、歌曲、医疗卫生，天文地理啥都有，而且放在吊篮里，信号接收强，声音空灵，啥都不影响。哪像他们几个耳朵塞两根线还左扭右扭，荡得升降机来回摆。工头骂过他们好几回了，背后还是我行我素，忘了本色。有了对比，老板就夸侯辉工作卖力，有农村人的吃苦耐劳，是个老实专一、踏实干事的人，有前途。哄鬼去吧，侯辉也知道老板是为了让自己好好干活，多干少损失材料，毕竟短时间干大量的活，老板才有钱赚。夸咱，那是上眼药水，只亮不明呀。

侯辉其实也是想通过广播了解工地外的世界、工地外的机会，甚至一些平日学习不到的东西，以便更快地提高自己。毕竟这又脏又累又危险的"蜘蛛人"不是长期的职业呀。

其实，每次上工前，侯辉也会像母亲一样，用手拥个沙堆，插只筷子，祈祷当天平安无事。

在紧张苦累的工作之余，呀呀作响的收音机就成了传递信息、消遣娱乐的主要朋友。更重要的是干活时也不打扰双手、占用脑筋，工作娱乐两不误。

侯辉想着这些开心不开心的事情，随手打开旋钮，左调右调不是吱吱声有干扰，就是声音小的听不到。旋到最大也无济于事，有几个台刚听到人声，竟然都是"听众朋友们，再见"。

这可是在高空呀，无遮无挡的信号应该是非常强的，咋回事？

好不容易收到一个人声清晰的台，传出主持人的声音，竟然是在讲故事：

"听众朋友们，据明天广播电台记者报道，一高空作业青工因疏忽大意，从十八楼高层摔下，失去年轻的生命。据工地负责人解释，这青年工人平日沉默寡言，不善交际，但工作认真负责，尤其好学习，经常听广播，关心国家大事……"

听着听着，怎么好像在说自己似的，侯辉抬头瞅了一眼自己所在的楼层，升降机旁边的栏杆上，"十八"两个字血红得有些让人眼疼。

不会吧，侯辉似乎觉得坐着不舒服，索性靠着吊篮杆躺下去，可皮带不知啥时间挂到了下架吊篮的扳手上。使劲一拽，吊篮迅速下降，侯辉无论如何也解不开挂着的皮带扣，拉上升的扳手也纹丝不动。

眼看着吊篮像一只脱线的风筝，又像一只断翅的雄鹰扑向地面。侯辉脑子一片空白，只有身边的收音机还在清晰地播报，声音愈来愈清晰，愈来愈大。直到一声巨响传来，侯辉觉得自己和这声巨响一起变成碎片飞了起来。

宝　藏

　　辛立经营的工厂终因抵不住金融危机带来的巨浪冲击，倒闭了。

　　好强要面子的辛立觉得很失败，再也不愿意在生意场上打拼了。

　　闲下来的辛立有大量时间去做另外一件事，读书。他和别人不同，人家阅读经典名著、流行文学、军事科技、科幻历史等，啥时兴阅读啥。辛立却喜欢逛旧书市，在书摊前一蹲大半晌，其实也不是要读书，而是要找书。那些书皮发黄、页面斑驳、内容佶屈聱牙，版面最好竖排，纸张越旧越好，就说明这书有年份有历史有故事，是辛立衷心所属。

　　之所以有此兴趣，只因十多岁时辛立曾做过一个梦，梦见一位鹤发童颜的神仙，告诉他旧书中有一本书，书里记载了一个宝藏的秘密，书名叫……当时一个可恨的炸雷惊醒了他，神仙说的书名没有记住，可旧书摊上的旧书就成了他的猎寻目标。此前本地人中了彩票大奖，据说就是夜里神仙托梦告诉的数字。这更坚定了辛立的念头和决心。

　　后来，做生意忙项目，很少有时间挤出来光顾旧书摊，寻找自己的宝藏。现在破产了，倒有大量空闲重拾当年的寻宝梦了。

　　辛立几个月都花在旧书摊上了，从城南旧书店到城北老书摊，从城东古街市到城西狗市集上。旧书淘了半屋子，也没有真章出现。功夫不负有心人，半个月后的傍晚，老城墙根下的书摊前，即将落山的夕阳从城墙箭楼照过来，箭楼顶的旗杆影子正好落在一本封面就要卷起来的《寻宝记》上。辛立眼前一亮，心头一震，即刻买回家通篇阅读。最后一章还真有记载，说宋朝时有人在青州城外封山找到宝藏入口，可那人因为兴奋加激动当场高兴而亡，没有了后续。

青州，青州，不就是自己脚底下的钦州市吗？宋朝时本地旧称青州，网站刊登的史志上记载很清楚。城北的凤山曾用名就叫封山，辛立一拍脑袋，为自己一直以来的坚持和获得激动不已。

看来宝藏确有其事，我终于有了发财的机会。生意人辛立心中那即将熄灭的发财梦重新燃起。

说干就干，辛立在郊县打报告要买凤山北坡的荒地，计划投资栽植经济林。当地政府非常愿意有人承包这座山高路远的荒山，既可以让荒山变绿，又能防沙抗风，不费多大周折，协议合同很快签订。辛立用变卖了房产和家具的钱在山上搭起了窝棚，雇佣当地费用廉价的山民，开始按照自己的设想挖山翻地，打得幌子是开山种树。

计划开始几个月来，凤山北坡被山民们从东挖到西，从西挖到东，深挖了一遍又一遍，就是没有辛立寻找的宝藏入口。雇工们都很惊讶老板的任性，挖了这么多坑，又不种树，难道是有其他打算，可老板不说，咱们只管劳动拿钱就行。

且说凤山地处湿热带气候，本就风频雨多，山民们反复挖过的泥土疏松，加上各种腐烂树叶、野草形成的天然肥料，不知有多少被飞鸟衔来的种子落在这片土坡上，重新有了生长的机会。在锄头铁锨动过之处，使劲钻出土地，呼吸新鲜空气，短短几个月，工地上竟然紫的、白的、蓝的、绿的嫩苗冒出头，一天一个样，很快占领了山民们的工作场地，绿油油、蓝瓦瓦、紫澄澄、白花花的煞是好看。

嘴角快要起泡的老板辛立，哪顾得上欣赏美丽风景和小草芽的繁荣茂盛，在初战不利的情况下，拿出更多的钱，指挥工人们扩大工作面积挖掘，不信书上的记载是骗人的。

时间过了大半年，辛立只剩下最后的箱底钱了，可面前除过迎风沐雨疯长疯开的山花和野枝，半点宝藏的影子也没有。失望的辛立狠狠踢了一脚面前的泥土，竟带出一颗像小土豆一样的东西，粘在脚面上黏黏的。

这是啥东西？

正纳闷间，几个歇息抽烟的山民围了过来，有年龄大一些的翻看这棵"小土豆"，说可能是野生天麻。天麻是名贵中药材呀，价值不菲。怎么会长在这荒无人烟的的凤山上。也许是飞鸟飞过留下的痕迹。大伙都在议论。

精明的辛立似乎看到了商机。

他采了一些野苗野花野树枝还有这棵小土豆样子的东西，下山找专家鉴定。中医药研究所专家说这是纯正的野生天麻，含有香英兰醇和维生素A，可以益气，祛风湿，强筋骨，药用价值很高，能治疗高血压、头痛眩晕、口眼歪斜等。目前市场上人工种植的天麻都快卖到每公斤近千元，何况纯正的野生天麻，药用价值更高。其他的花呀苗呀竟然还有红花、铁皮石斛、甘草、黄芪等，市场前景都非常好。

歪打正着的辛立回来后立刻按图索骥，调转方向，全身心研发、种植起这些名贵的野生天麻们。工地的工人也换了工具，精心培育起中草药了，这些活计可比翻土倒沙轻松了许多。大家都很用心，投身到工作中去。

很快收获的中草药上市了，第一季就卖了十万多元。接下来，辛立出资邀请中医药研究所技术专家上山，召集更多的山民不再挖山寻宝，而是提高工钱全部种植这些普普通通却又价值不菲的花草树木。他还在北坡另开荒地，全力种植其他普通价值的中药材。一年下来，收入已过五十万，两年后，辛立的资产重回当年做生意风生水起时的身家。

如今，依旧住在山上的辛立修建了大房子，山腰空地上建起加工厂，职工宿舍也随之拔地而起。

大老板辛立每天迎接山风山雨，清新的空气扑面而来，在花草丛中沐浴天然氧吧带来的舒适。望着漫山遍野迎风摇曳的中草药，分明像树树聚宝盆，棵棵摇钱树，长满了红的绿的钞票，骄傲地向老板展示自己存在的价值。

静下心来，辛立想，这不就是书中记载的宝藏吗？

开会机器人

2085年某月的一天清晨，机器保姆公司的老总齐博士躺在床上，慢慢睁开惺忪的双眼，伸手按了一下床边的遥控器。那位迷人性感的短裙保姆款款走来，伸出白皙的手，为齐博士温柔地刷牙、洗脸，并轻轻地剃净了主人下巴刚露出头的几根胡须。

在保姆伺候下用完早餐后，齐博士又是手按遥控，即刻在面前的墙壁上出现了一位婀娜多姿，志玲模样的女秘书，嗲声嗲气地开始汇报公司今天的主要议程和将要完成的业绩："老板，据分析师统计，负责打扫卫生、洗衣做饭的保姆，也就是A型机器人保姆有所下滑；负责端茶喂饭，铺床叠被的B型机器人保姆业绩平稳；负责按摩洗脚，陪睡陪玩的C型机器人保姆销量上涨；负责……"

"不错不错。"齐博士很满意。机器人保姆型号越往后，越是公司最新的销售重点，就和卖车一样，低配的永远都是噱头，有价无车。

"今天给每位管理岗位员工加薪10%。"因为一线的操作岗位都是机器人，只有几个少数的管理岗位是人在从事，齐博士大方地吩咐女秘书。

谢谢老板，女秘书代替大家深深地鞠了一躬，胸前的两个白色半球一览无余，然后慢慢隐去。

齐博士对公司日常生产销售并不太上心，一切都由机器人打理，按照设置好的程序就不会有问题。他更关心的是试验室正在研究的新型会议机器人。

这类机器人保姆的主要客户是一些国家单位和社会团体。这类机器人可以按照客户模样、语气、神态甚至简单的思想进行组装设计，可代替日理万机的客户开会、做报告。

令人兴奋的是，经过一个多月的反复试验，开会机器人终于成功上市销售了。

想象着即将被打败的几家竞争对手的老板们，垂头丧气的样子，齐博士高兴极了，手舞足蹈地，不小心碰到了手边的遥控器，那位性感迷人的保姆立刻笑容可掬地跑过来，不由分说地拿一块纸巾在齐博士的嘴上擦了起来。

回过神来的主人，不高兴地在保姆高耸的乳房上按了一下，才止住了温柔而又烦人的举动。

会议机器人如同想象中一样畅销，市里县里的各大部委办局都纷纷下订单，连省外的几个单位都慕名而来，货竟供不应求。

可一周后，工业局的强局长就打来电话，气急败坏地骂道："你这是什么破机器人，昨天开全市领导干部大会，不知啥原因，我，不不不，是你们造的我样子的机器人，不认真领会领导讲话精神，却大模大样在会场干起了端茶倒水、打扫会场的差事。台下大家调笑，扰乱会场秩序，台上的领导异常愤怒，骂我是不务正业，差点撤了我的职，让人丢尽了脸面。"

齐博士连忙道歉，并承诺尽快派人对产品进行检修，并免费升级三个月。后来检修的工程师说，为了降低成本，强局长的开会机器人里面用了机器人A型的芯片，所以才会有端茶倒水的举动。

齐博士懊恼不已，可降低成本的命令是自己下的呀。

此后几天，文体局李局长责怪开会机器人在家和老婆抢着做饭，弄得每天有吃不完的剩饭剩菜，最后都倒掉了，浪费了诸多本来不愿意掏出的钞票。

旅游局的梁局长斥责开会机器人在会上抄回来的会议记录全是菜谱，甚至还有妻子的经期表，差点误了领导安排的大事，还透露了妻子的秘密，差点闹了离婚。

空无县翟县长说晚上机器人趁自己没在家上了老婆的床。文联严主席问机器人为啥整天去楼下齐寡妇家干活，弄得齐寡妇忧心忡忡，担心这个做领导的图谋不轨……

总之，一连串的不良市场反应从各种渠道汇集上来。机器人保姆的市场形象一跌千里，许多客户开始退货，索要赔偿。

无奈之下，齐博士只好召回所有产品，更换芯片，损失惨重。

而此时，对手公司的新开会机器人却悄然上市了，并短时强硬地占据了市场。而任对手公司销售总监的竟然就是自己那位性感迷人的机器人保姆。

齐博士非常纳闷，机器人啥时间还自己玩起了无间道。

思来想去，齐博士才明白自己的机器人保姆早就被人家植入了偷窃芯片，在保姆服务自己的时候，脑子里的东西早就被复制了。这都是科技惹的祸呀。

不过这倒是条生路，如果我也造一批盗窃机器人，专门窃取别人的教学思想，变成自己的论文；专门窃取别人的研究成果，造出我的产品；专门复制别人的著作，署上自己的大名，那购买者不费吹灰之力就能获得更大的才华和名气，不也就会有更多的财富吗？

齐博士为自己这个奇妙的想法高兴得跳了起来，碰到了手边的遥控器。他赶忙用手挡在嘴前，怕那个迷人的保姆又会拿纸巾给自己擦嘴。可齐博士的担心多余了，他的那位性感迷人的保姆现在已经是别人的销售总监了。

遗失的袋子

李彼特有了外国人的洋名字后，一直都是人们开玩笑的话头。

李彼特对父母非常不满，为啥农村人却要取个洋名字，不伦不类。接受不了周围善意或者恶搞的话头，李彼特就和大伙说不到一块儿。

李彼特自此就在孤独的世界里暗自下定决心，一定要出人头地，到外国去看看那些个叫彼特的人，到底和中国农村的叫彼特的人生活有什么不同。

十几年的奋斗，中年李彼特事业有成，买别墅、开豪车，吃穿住用行都成了人上人，让大家羡慕。

李彼特终于有能力买了出国的机票，踏上美国美丽土地。走走看看，逛逛停停。

李彼特惊讶地发现美利坚合众国里的"彼特们"不是服务员、清洁工，就是送奶工、司机甚至球童，只有一个叫彼特的明星，还是艳星，正遭受社会正反两种舆论压力。本来还想办个绿卡定居到属于自己名字的国度，看来希望越大，失望就越大。

回国后的李彼特每天仍然忙忙碌碌，晚上回到别墅里却孑然一人。尽管有不少喧嚣浮华的派对和应酬，可独自面对单影孤灯，自斟自酌却是大多时候。

最近几天晚上，酒后的李彼特竟然发现有人从房间里背个袋子离开，消失在夜幕下。起初，以为是社区收垃圾的，可似乎这个黑影只从自己屋里往外背东西，这就奇怪了。

后来，有天晚上，李彼特悄悄跟踪那个黑影到了城外河边，泛着莹莹月光的河面，几袋和他家背出来的一模一样的黑袋子，正顺水慢慢向远处漂走，河岸边还堆积了许多同样的黑袋子，正被黑影翻检后准备扔向河里。

这怎么行，好歹是我的东西呀，哪怕是几袋垃圾，也不能从我的财产中溜走的，更不能再让那个黑影得逞，李彼特趴在河的堤岸边自忖。

"喂，你这个小偷，快住手，偷了这么多东西，我要报警。"李彼特跳出来，抓住那人的肩膀喝道。

谁知那黑影转过来，面无表情，还平淡地告诉紧张又有些气愤的李彼特："你家这样的袋子还有许多，我会每天背走一袋子。重要的是你不需要这些袋子里的东西。"

"你知道这些个黑袋子里的东西吗？"黑影接着问。

"应该是香烟、名酒……我应酬和自己睡觉前喝的？"

"不是。"

"那就是刚买几天的手机和电脑……天呀，电脑上存了我许多公司的重要账目。"

"也不是。"

"难道是你把我的保险箱背了出来？哈哈，我的保险箱里可是什么都没有，你这个愚蠢的小偷。"李彼特笑了出来。

那人显然不耐烦了，打断李彼特的笑声："你自己打开袋子不就明白了吗？"

在迟疑中，李彼特打开第一个黑袋子，想象中的香烟、名酒、手机、电脑、保险箱都没有出现。呈现在面前的却是老家的院子，满头白发的父母，正颤颤巍巍地相互搀扶，立在大门口。老太太还在责怪丈夫："门口风大，快回屋子，你儿子有音讯一定会回来的。"

"爸爸，妈妈。"李彼特难过得差点叫出声。

"再打开第二个看看。"那人催着。

第二个袋子里照样想象中的财物全无踪影，却是上大学的校园，那个短发漂亮的女人，不正是自己曾经爱恋的女朋友吗？

后来为了事业不受牵绊，决然离开关心照顾温暖过自己的女人。此时，已为人妇的女人正坐在钢琴边为那个叫"小彼特"的儿子弹令人心动的《回家》……李彼特明显感觉到心口隐隐作痛，并且越来越明显。

不等那人再催，他又颤抖着打开第三个袋子，里面竟是他的公司几个好友。一直追随他奋斗拼搏数年的陈、章、梁等，还在加班准备明天上桌谈判的材料，可他们的工资和收入又是那么少，住着十几平方米的房子，和自己超豪华的别墅比起来是那么的贫穷和寒酸。

李彼特的汗水其实已经从额头滴落，顺着胸口流过心肺，凉凉的。

第四个、第五个袋子……还在月光下闪着莹莹的光，等待李彼特的开启。

可是，此刻的他，再也不愿打开这些让他无法面对的、闪着贼光的黑袋子了。

那人像法官一样地严峻，又像检察官一样冷漠，注视着这个有些可怜的商人，一言不发。

"先生，我能拿回这几个袋子吗？在有生之年我一定不再虚度。"李彼特问道。

那人说："袋子可以拿走，现在还不晚，亲情、友情似乎还有回家的机会。至于此前的那些个善良、诚实、美德……已经装进袋子随河水飘远，只有下辈子再见。"

说完，黑影瞬间消失，踪迹全无。

一个惊雷，惊醒沉睡的李彼特。心有余悸的主人揉揉惺忪的睡眼，却惊讶地跳了起来。原来，墙角不知啥时确实有几个黑袋子靠墙堆放，上面的灰尘显然有好长时间了。

绝望的乔布斯

乔布斯刚刚去了阴间报到。

按道理，乔布斯必须拜会上帝，并加入极乐世界户籍。

可执着勤奋的乔布斯还在路上思考着iPhone8的新结构和功能，头没有抬，只管往前走，不想走差地，进到了阴曹地府。

阎罗王黑着脸说："呔，从外国来的小鬼，快快拿出买路钱，省得皮肉受罪。"说着，就要招呼牛头马面上大刑。

明白入错门的老乔，脑袋一转，不慌不忙说："我的黑上帝呀，不不，大人。在下来到贵宝地，主要是为了表达我的尊敬之情。这是在下公司研制的最新产品，甘愿奉送大人。"说完，将一部刚面世不久的iPhone7捧上前去。

阎罗王接过手机，打开界面一看，哈哈大笑："小子，看来你们西方小鬼还是不老实，竟然敢拿过时的东西糊弄本王。让你瞧瞧一月前，东方的小鬼们孝敬俺的手机。"明晃晃的iPhone9在手中直刺乔布斯的眼。

一旁的牛头马面竟然都用着iPhone8玩微信呢，对乔布斯的礼品瞧都不瞧。

乔布斯此刻绝望了，喃喃道："东方的神仙太厉害，我们的上帝也才使用iPhone6呀。"

然后倒地，再也没有勇气去面见上帝。

上　面　人

李白年轻时本本分分，非常守规矩。国家纳捐、征税等都如实如期交上。纳皇粮国税天经地义，哪怕家穷四壁。

这日，雨后读书苦闷的李白就想出门放松放松，换换心情。来到街上，看着瓢泼大雨下，洒水车仍然水花如注。本就潮湿的路面更加湿滑，眼见几个行人摔倒，急性子的李白急忙挡住洒水车论理，司机讪笑道："秀才，咱上面有人，洒完水好回家睡觉，你奈我何。"李白气急，见洒水车早已疾驶而去，水花在面前跳跃，仿佛嘲笑傻气的秀才。

李白做客法官朋友，看见朋友接过被告的红包，就上前好言相阻，朋友笑着说："人家上面有人，审判只是过程，不收白不收。"

作为文艺界代表，李白出席市上人代会座谈时，领导在台上说今年总产值翻了几番，全市人民脱离贫穷。李白反对说还有好多穷人。旁边座上的岑参偷偷告知，领导上面有人，数字大一些才能提拔。

李白见识了更多的上边有人的人和事，开始对这个国家不报任何幻想，觉得读书无用，自暴自弃。遂买醉麻木自己，在酒后胡乱题诗，他的诗蔑视权贵，反抗传统束缚，追求自由和理想。他的诗想象新奇，感情强烈，意境奇伟瑰丽，语言清新明快，豪放超迈，竟被人们一再传诵，成了当代大诗人，受到皇帝接见，被供奉为翰林。

做官后的李白没有反思自己的浪荡行为，变本加厉。李白想着是朝廷座上宾，皇帝是咱上面人，要好好戏弄一下祸国红颜和权威宦官。一次朝会上，皇帝让李白当场作诗，假醉的李白就让皇帝身边的红人杨贵妃为自己研墨，大内高管高力士为自己脱鞋。岂不知因此得罪二人。

不久后，李白因为自己的任性付出代价，被编织罪名赶出了朝廷，贬往遥远的江淮。

后又为了寻找一个可靠的上面人，李白甘愿又入齐王李遴幕府。可这个上面人李遴也不可靠，反叛当朝皇帝被消灭，李白受牵连，流放夜郎后病死于安徽。客死他乡的李白至死才明白：不管上面人权多大位多高，到头来都是不可靠的。

梦 想 成 真

公元3035年的一天下午，和煦的阳光从窗子缝挤进实验室，唐博士伸伸懒腰，长出了一口气。因为唐博士呕心沥血几年，研制的梦想成真丸终于成功了。

唐博士高兴地和助手们开香槟，举杯共庆。

梦想成真丸上市的消息，在火星上顿时掀起轰动。五十年前，因为人类污染太严重，疾病、战争已使地球满目疮痍。地球上百分之九十的人都迁居到了刚刚开发的火星上生活，因为这里有新鲜的空气，干净的水源地和极少贪污腐败的政府官员。

可新的星球有一点大家接受不了，就是物价太贵，生活必需品又不能不买。所以，大家都想着有一颗梦想成真丸来实现全家安静平稳生活的愿望。

可梦想成真丸也不会太便宜，只有少数几个有钱的大老板，用近乎一半的资产才得到一颗梦寐以求的梦想成真丸。服完药后，大老板们梦想的金钱、权力、美女接踵而来，药效明显。人的贪欲是无止境的，有了巨大财富的有钱人就想继续更大的梦想，再想购药时，唐博士手指一摆，目前梦想成真丸还处在检验阶段，药效不很稳定，副作用还没得到确认，一人只能购买一颗。

任凭富翁们怎样磨破嘴皮子，千方百计都不管用，唐博士坚决不再出售。这些买过梦想成真丸的人就非常懊悔当初的梦想太小。

实现梦想的美好尽管只是极少数，可还是吊起了人们的无比羡慕心。面对高昂的费用，普通百姓们只能是望洋兴叹，望而却步了。

有一天，一个偷艺高超的小偷几经周折，准备在唐博士防卫森严的实验室偷走一颗梦想成真丸。小偷在唐博士实验室外蹲守了好几天，忍受风雨雷电的折磨，终于摸清了唐博士的作息时间和通往实验室的路径。在某次助手们都不在的情况下悄悄摸进实验室。不料迎面碰上了唐博士，贼不走空，更何况为此计划，小偷先生已受尽了痛苦。所以，小偷狠下心来从身后掏出手枪，指着唐博士，让他把梦想成真丸交出来，否则将要杀了唐博士。

"你确认自己目前非常需要这颗药丸吗。"博士举着手中的梦想成真丸问道。

"废话，不找药丸我费这么大周折是吃饱了撑的吗？"小偷很气恼，并上前抢下博士手中的药丸，迫不及待地塞进嘴里。

小偷的梦想，当然是拥有大把大把的钞票了。

吃完梦想成真丸的小偷下意识地朝头顶望，盼望钞票从天而降。可过了好长时间也没有钞票飞下来，反而有一个黑影从天空向小偷袭来。不会是钞票吧？正当小偷高兴异常时，一个黑影已经砸在小偷的身上。咋这么痛，妈啊，石头。小偷飞奔出实验室，想躲避石头的袭击，可还是被从天而降的石头雨淹没。

等唐博士和助手们从石头堆里扒出面目全非的小偷时，他早已断了气。

"哎，你也太着急了，这一批梦想成真丸的副作用是不花钱买的话，梦想就会相反，看来还得再研究呀。"唐博士叹着气说。

小偷偷药丸致死的消息还是被火星上的地球人知道了，一传十，十传百，大家都为这个小偷惋惜，可谁又会再次为了梦想而不去冒险呢。

有钱的富翁终究是少数，能买得起药丸的人也就那么几个。没有人买，新的药丸试制出来就无法临床应用。面对不断涌进火星的地球人，面对火星上因人满为患而逐渐稀少的空气、水源和生产生活产生的污染，唐博士觉得非常的痛心。

为了事业的发展，在忍无可忍的情况下，唐博士决定了解自己的心愿，让火星上的人都有钱。有了钱的人们才会上学工作，才会产生文明，才会积聚财富制造梦想，才会有人来购买梦想成真丸，才会延续自己的试验工作等等。唐博士的愿望很伟大，也很平凡。

当唐博士把这个想法通过媒体发布出去时，火星上的人们欢呼雀跃。大家觉得唐博士要做的是一件多么伟大、多么激动人心的事情。大家都迫不及待地聚在实验室门口，想亲眼看着唐博士服用药丸，然后实现大家的梦想。

在大家的期盼中，在大家的等待中，被奉若神灵的唐博士激动地站在人群里，高高举起梦想成真丸，满含热泪地喊道："实现我们的梦想吧。"然后吞下药丸。

可等待大家的不是漫天的钞票和财富，却是迎面袭来的石块。从天而降的危险砸散了积聚的人群，也砸到了准备奉献爱心和梦想的唐博士。这是怎么回事呀？博士和大家一样困惑。

"博士，你好像在服药前没有掏钱呀！"一个仓皇逃跑的助手喊道。

天呀，我怎么能把药丸的副作用忘了呢？在弥留之际，唐博士脑海里现出小偷面目全非的模样，凄惨至极。